『飽きた』と書いて
異世界に行けたけど、
破滅した悪役令嬢の
代役でした

木間《きま》みどり
『飽きた』と書いた紙で異世界に魂だけ転移したどこにでもいる普通の会社員。
ハヴェル・ジューク・ヘルツィーカ
ライラの腹違いの兄。ライラを蘇生させ、木間みどりの魂を召喚した。
ライラ・ヘルツィーカ
王太子の婚約者であったが自殺に追い込まれ、その後、兄のハヴェルによって蘇生させられる。
主な登場人物

ダリオン
王国の第二王子。元ライラの婚約者。現在の恋人はドロシー。
アレシュ・ウルラ
王国の第一王子。弟ダリオンの腹違いの兄。
ドロシー・ムスカ
ライラと同じ学園に通う貧しい村出身の娘。

Contents

『飽きた』と書いて異世界に行けたけど、破滅した悪役令嬢の代役でした

枝豆ずんだ

イラスト
東茉はとり

1章　私が、凶器ですか

「その体身の持ち主である妹は、昨晩首を吊った」

豪華絢爛《けんらん》な調度品に囲まれた部屋の中。

最初に目に入ったのは、煌々《こうこう》とした明かりの下でも煌《きら》めく銀色の髪。どの角度から見ても美貌のその男性は、整いすぎて人間味を失った顔をわずかに歪めて、そう口を開いた。

「……は、はぁ」

相手が話しているのに何の反応も返さないのは悪いだろうと、私はとりあえず何か言わなければと思ってそれだけ言うけれど、目の前の男性の銀の瞳は、私を見ているようで見ていない。

全身喪服のような黒づくめの男性は淡々と〝状況説明〟を続けて、私はただそれを黙って聞くことにした。


さて、異世界に行ける方法――というのを、皆さんはどれだけご存じだろうか？

有名なところだと、エレベーターの回数操作。

十階以上あるエレベーターで行うもので、必ず単身で乗る。四階、二階、六階、二階、十階と順に移動する。この時に途中で誰か乗ってきてしまったら失敗。

十階に着いたら、降りずに五階を押す。

そうすると、その五階で若い女性が乗ってくる。その女性には話しかけてはならず、女性が乗ってきたのを確認して、一階を押す。エレベーターは一階には進まず、十階へ移動する。

その先については諸説ある。

着いた十階が異世界になつがっている、とか、既にそのエレベーターは、箱の中が異世界になっており、次に開く扉がどこであれ、そこは異世界だ、というもの。または乗ってきた女性が異世界へ案内してくれる、などなど。

と、まぁ、それは今はいいとして。


「あの、私はただ『飽きた』と紙に書いて寝ただけなんですけど」

「異世界の君のところでどう伝わっているかは知らないけれど、君の行ったものは立派な魔術儀式で、この世界に魂を転移させる契約魔術だ」

契約魔術。魔術……魔法、マジック？　突然、何を言っているんだろう、この輝く顔のイケメン。顔が良ければ何を言っても信じてもらえると思っているのか。

と、思わなくもないが、いや、やはり顔の良い相手の言い分はよく聞いた方がいいだろう。

よし、思い出してみようという気になる。

まずは私。国籍は日本。住まいは関東地方。都内某所で働く会社員。

平凡で凡庸《ぼんよう》で、国民の三大義務を果たしている、ごくごく普通の一般人。人生に不満はない。家族、友人、職場の交流関係は、良くも悪くもない。

健康で、とくに趣味らしい趣味は……本を読んだり、ネット小説や動画を見たり、そういうどこにでもいる社会人だ。

……ただ、平凡な、どこにでもいる一般人の例に漏れず、時々感じるぼやっとした不安。ただ、少しだけ日々感じる、退屈さ。

趣味の物語鑑賞をするたび、ドキドキと、ワクワクと胸を躍らせながら、自分を振り返ってみて感じる「私はずっと、こんな感じなんだろうな」という諦め。

といって突然「じゃあ山でも登るか！」「スカイダイビングでも楽しむか！」「私を楽しませてくれホストクラブ！」と、毎日踏んでいる道から逸れることはしない凡庸さ。

それで、インターネットで『異世界へ行く方法』を調べた。本気にしたわけではないけれど、パスポートを作るより、新幹線の切符を買うより、辞表を書くよりも簡単な「変化」、一番簡単なものを選んで、ちょっとした、他愛もない暇潰し。

だけれど、少しドキドキしながら目を閉じて、異世界に行ってしまったらどうしよう。賃貸だから、行方不明扱いになったら、迷惑をかけてしまうかな、とか、目を閉じながら心配するのはそんなことで、そういう自分がつくづく平凡で呆れた。

異世界に行ったらどんなに楽しいだろう、小説や漫画でよくあるような素敵な王子様と出会って、恋をしたり冒険をしたり、と、そう考えるよう努めた。

方法は簡単。

四角い紙に六芒星を描いて、真ん中にただ一言『飽きた』と書く。

それを持って寝ればいいと、ただそれだけ。

「そして……目が覚めたら異世界。銀髪の緩《ゆる》いウェーブのかかった髪の美少女になってて、目の前には自称お兄さま、という現状。自称お兄さまは、これを契約魔術だとおっしゃっている、と」

「死んだ妹の体を使い、私が魔術儀式を行った。異世界で、その世界を出てもよいと考えている者の魂をこちらに呼び寄せる、というものだ」

状況が飲み込めない私に、お兄さまは辛抱強く何度も、かみ砕いて説明をしてくださる。

つまり、「飽きた」という言葉は意思表示。それを目印、あるいはそれ自体が効力を持って、異世界の住人が行う儀式魔術の対象になる、ということなのだろうか。

これがネット小説なら、ブックマークが付く前に『ご都合主義が過ぎる』『簡単すぎる』『ひねりがない』と感想欄に突っ込みの嵐が来るんじゃないか。

「……あわよくば、なんて思ってやった下心は否定しませんけども、異世界転生ってこう……トラックに跳ねられたり過労死したり、そういう悲劇やアクシデント、何かを助けた献身さからの、神様からの返礼的なものじゃないんですか」

「君がどう思っているのかは関係なく、こちらの世界においては交換魔術だ。こちらの世界で何か不都合があった、または罪を犯した者の処罰として、生きた者の魂を交換させる。君の世界では『人が変わったようだ』という言葉があるそうだね」

「あれって本当に入れ替わってたんですか。というか……異世界に来た入れ替わった人は、犯罪者の体で生きていかないといけないっていうこと……？」

「あぁ、幽閉される」

「理不尽では!?」

その人はただの被害者では!?

思わず突っ込んだ私に、お兄さまは不思議そうに首を傾《かし》げた。

「己の世界で生きたくないと、逃避願望があるような者じゃないか。望み通り異世界に来させてやったのだから、それで十分だろう。あぁ、無論、衣食住は保証されている。異世界の知識をこちらに提供してもらう、という仕事も与える。異世界人のもたらす知識や独自の文化、科学は、こちらの世界に有益なものが多い」

なるほど、よくある、現世知識でチートして無双、を……個人の人生だけで使うのではなく、国家規模で……なんて真っ黒いんだろうこの国。

クーリングオフはできますか。できないでしょうね。やっぱり。

「つまり、私はこの場合、どうなるんですか」

死体を使っての魔術儀式。

それが正規のものではないことは、今の話からもわかる。

私が問うとお兄さまは「やっとその話ができる」と頷《うなず》いて、手鏡を一つ、寄越してきた。

顔を見ろということだろう。

この鏡は最初、目覚めたときにお兄さまが自分で持って私に見せてくれたものだ。

もう一度見ると、やはり鏡の中には銀髪に青い瞳の、やや目つきのキツイ……はっとするほどの美少女。

お兄さまが美形なのだから、妹さんも美人で当然だろう。どことなく似ている印象を受ける。

しかしまぁ、柔らかく微笑めばそれなりに優しそうに見えるお兄さまと違い、鏡の中の美少女は、我が儘《まま》で気の強そうな印象を受ける。

目かな？　目つきが悪いのがそうなんだろうか、と思って、片手で自分の目じりをぐいぐい

いじってみるが、印象はあまり変わらない。

「彼女……いや、君の名はライラ・ヘルツィーカ。私、ハヴェル・ジューク・ヘルツィーカの腹違いの妹で、先週まで王太子の婚約者だった公爵令嬢だ」

先週まで？

「……もしかして、王太子に新しい恋人っていうか、こう、身分差のあるお相手ができて、公爵令嬢はそのお相手様を虐めたりなんだりした悪の令嬢として断罪された挙句、婚約解消されたんですか」

「よくわかったね」

よくあるパターンですからね!!

え、何ここ乙女ゲームの世界？　いや、実際の乙女ゲームに悪役令嬢なんていないのだけれど、昨今そういう風潮になっていて、よくネット小説でもそういうネタが好まれたものだ。

私もそういうの大好きですけども。

「妹は無実だ。大人しく、虫一匹殺せない臆病な子だった」

「え、この顔で？」

「……誤解を受けやすい子ではあった」

どう見ても、悪人面の気の強そうな子だ。笑い声とか絶対オーッホホホとかだと思う。

ただの「身内の贔屓目《ひいきめ》」あるいは「兄の前では猫を被ってた」という可能性を感じるが、まぁ、とりあえずはお兄さまの言い分を信じよう。

公爵令嬢は王太子殿下の婚約者として幼い頃から厳しい教育を受け、それに恥じないだけの成果も出してきた。

そして貴族の子供が通う学園に入り、優秀な成績を修め、生徒会長にもなり、立派に未来の王妃となるに相応しくあろうとしていた、と。

けれど（お兄さま曰《いわ》く）その、真っすぐで正しすぎる生き方が、王太子には気に入らなかったらしい。

自分より優秀で目立つ婚約者を疎み、ある年突然、編入してきた平民の娘……よくあるパターンだが、子爵の庶子《しょし》で魔力があることが分かり引き取られたという身の上の、貴族のルールに縛られない真っすぐで、しかしちょっとどじっ娘《こ》、目が離せず自分を必要としてくれるか弱くも芯のある少女に（長いよ、その設定）……心を奪われた、という。

「王太子は愚かで屑《くず》だけどね、まぁ、馬鹿ではない。正統な理由もなく、国が決めた婚約を解消できるものではないとわかっている。何か理由が……妹を悪人に仕立て上げることで、妹の名誉に泥を塗りたくることで、平民の娘を被害者にし、そして己を正義にすることで、自分の望みの未来を手に入れようとしたのだ。あの屑は」

まぁ、うん、なるほど。

屑、と度々呟くお兄さまの瞳には、堪えきれない殺意と憎悪があり、魔力的なものでも漏れているのか、調度品がガタガタと揺れ、窓ガラスにヒビが入ったが、直してくれるんだろう。信じてる。

まぁ、とにかく、それで、公爵令嬢は平民の娘、王太子の新しいお相手を虐めただの、殺しかけただのの罪を着せられて、よくあるパターンだが、中庭で断罪イベントが発生し、そのままご実家に逃げ帰って、泣きながらお兄さまに無実を訴え、首を吊った。

「気の弱い子だった。大勢の前で罵倒されたこと、数々の不名誉な行いを己の所為《せい》にされたことに耐えられなかったのだろう」

「それで、私に何を？」

「どんな手段を使ってもいい。妹の無実を証明し、あの屑ども……王太子だけではない、関わった全ての者を破滅させてほしい。そのためなら、公爵家をつぶしても、いや、国を滅ぼしても構わない」

さらっと、何を言ってらっしゃるんだろうか、この美形。

「別にわざわざ、私を使わなくても、ご自分でやられては？」

公爵家の人間なら、政治的なあれこれとか、できることがあるだろう。

「妹が死んだことを、あの屑どもに知られるのは避けたい。いや、違う。妹自身で、屑どもに制裁を加えてほしいんだ」

「私は妹さんじゃありませんよ」

「いや、君はライラだよ」

微笑むお兄さま。全くもって、嘘偽りないというようなお顔。先ほどまでの説明にはどこかうさん臭さがあったのに、これは事実だよ、と言わんばかりの誠実そうなお顔。

なるほど、この顔の良いお人、病んでいらっしゃいますね??

私は冷静にこれまでの話を反芻《はんすう》した。

自称兄という輝く顔のイケメンの話によれば、この体のご令嬢は無実。世を儚んで自殺してしまわれたという悲劇の美少女。

けれど、ご令嬢が本当に虐めやら何やらをしていないのなら、王太子が証拠をでっちあげたことになる。

だというのに、作られたという証拠を、お兄さまは得られていないのではないか?

その証拠が完璧なのか、あるいはご令嬢は本当に加害者だったのか。

一週間前に断罪イベントがあって、昨晩令嬢は自殺した。首吊り死体をきれいにして、魔術儀式を行った。

他にやることがいくらでもあっただろうに、お兄さまは私を使って妹の体を動かし、復讐させることを選んだ。

……うーん。

「なるほど、わかりました」

何を信じて何を疑うにしても、今は情報が少なすぎる。

いや、そもそも、私は疑って行動する必要があるのだろうか？

私はゆっくりと頷いて、お兄さまの手に触れる。

「私は正義の人間ではないですし、事の真相がどうであれ、この体になっている以上、ライラ嬢の不名誉は困ります」

目立つ外見と、お兄さまの妹への執着を見ると、このまま平民になって食堂で働きますルートとか、スローライフをとか、そういうのは無理だろう。

王太子の婚約者が悪役令嬢になって、退場させられそうになっている。いや、もう退場しているのか？

とにかく、それが現在の自分という、今受け入れるべき情報はこれに間違いない。

それにまぁ……目の前のお兄さまが狂人であれ、何であれ、妹さんを死に追いやられて悲しみ、怒っているのは本当で、可哀想だな、と思う心が私に湧いた。

同情心というものは厄介で、それが湧いてしまうとどうにも見捨てられない。私が「この話を信じて、嘘だった場合、まぁ、私が損をするのはまぁ、許容範囲」と思えてしまうと、もうどうしようもない。

「引き受けてくれるのか？」

「異世界召喚でよくある、世界を救え！　とかより、人を不幸にさせる方が簡単でわかりやすいですし」

世界平和とか領地経営とか、そういうのは賢く慈愛の心がないと無理だろうが、悪意を持って悪意を持った人間とぶつかる、やり合うというのは……多分、私にもできるだろう。

「では、契約成立だ。君は妹の名誉を回復する。妹を陥れて汚名を着せ、罵り殴った全ての愚か者の頭上に恐怖を投げ、あの屑どもが勝者ではなく敗北者であることを思い知らせてくれ」

お兄さまは私の手を握り、ぐっと力を込めた。

うっわ、怖っ。

お兄さまが自分でやるのが一番なんじゃないか、と再び思わなくもない。

（いや、違う）

やっているのだ。

お兄さまにとって、私こそが凶器だ。彼らにぶつけるお兄さまの悪意こそが私なのだ。

怖いわー、シスコン怖いわーと思いながら、でも顔がいい男が真剣に怒っている姿も美しいわー、と私はいろんな感情がごちゃまぜになった。

2章　私が、反逆者ですか

「よくも再び学園の門をくぐれたな。君には恥じ入る心はないのか」

ええ、まぁ、そうですよね。そうなりますよね。

公爵家のご立派な馬車を横付けにして、立ってるだけで輝いて見えるほどの美貌のライラ嬢……じゃなかった、私が登校すると、居合わせた生徒たちは皆、とりあえず驚いてくれました。

ヒソヒソと小声で話す内容は「え、退学したんじゃなかったの？」とか「領地に送り返されたって聞きましたけど」とか「修道院に入ったたって噂が……」などですが、皆、面と向かって聞いてはくれないです。

お兄さま直々のご指導によって、公爵令嬢の知識（付け焼刃）簡単なマナーやら振る舞い、あと人間関係、名前とかを覚えました、はい、一夜漬けです。

どうせ汚名を着せられた公爵令嬢に話しかけてくる者はいないでしょうという気安さもありました。

最低限の人間の顔と名前だけ憶えて、あとは徐々にで大丈夫だろうと気楽に考えている。

周囲のヒソヒソ話や、顔を顰《しか》めて私の存在を「不快」とする視線を無視し、堂々と校舎まで

歩いた。

と、そこで、私に向かって真っすぐに歩いてくる、燃えるような赤い髪の青年が、こちらを睨み付けながら冒頭の台詞を口にした。

「あら、まぁ」

おやおや、まぁ、まぁと私は口元を抑える。

即行出てきてくれた青年。銀細工のようなお兄さまの美貌とは違う、太陽の真下で輝く健康的な美青年が、この国の王太子であり、私（ライラ）の元婚約者であるダリオン殿下である。

「自ら退学届けを出しに来た、というのなら、少しは貴様を見直してやったものを」

「嫌ですわ、殿下。もう卒業間近ですのに、今更学業を苦にするわけがないでしょう？」

「っは。なるほどな。学歴は残したいということか。しかし、いかに学園の卒業生であろうと、貴様は二度と日の当たる場所には立てんぞ。ならばいっそ潔くこの世に謝して首を吊れば、その地に落ちた名誉が多少なりとも回復するんじゃないか」

ダリオン殿下と対峙すると、その場の空気が一瞬で変わった。

ピリピリと肌に痛いほどの、熱気のようなものを感じる。赤い髪の血気盛んな王子様。そういえばお兄さま曰く、ダリオン殿下は炎の魔法の使い手だとか。

登校途中だった生徒たちは皆立ち止まり、私たちの会話に耳をそばだてている。

「首吊り自殺ですか」

「絞首《こうしゅ》だ。盗人には相応しい死に方だろう」

「盗人？」

うん？　お兄さまの話には出てこなかった単語ですね。私は引っかかりを覚え、ダリオン殿下が言葉を続けるのを待つ。

「ふん、白々しい。まだ知らぬ存ぜぬが通じるとでも思っているのか。貴様が学園の門の鍵を盗み、留学していた隣国のヤニ・ラハ王子に渡したのだろう！」

「……」

え、何ですか、その話。

学園の門は、学園内で魔術が暴走しても大事にならないように、出力量をコントロールしているシステムだ。

魔力の源である龍脈をコントロールできるよう、何百もの魔術式が組み込まれている小さな鍵で、持ち出せるのは学園長と、有事に全校生徒を守る役目のある生徒会長だけ。

はい、生徒会長はライラ・ヘルツィーカ公爵令嬢、つまり私ですね！

（お、お兄さま～～～～～～!!）

「幸いにも、ドロシーが気付いて未然に防げたが……貴様は目撃者であるドロシーの口を封じようと彼女を傷つけた!!」

「……あの、門の鍵を他国に流そうとしたのが本当なら、自主退学じゃなくて退学処分……というか、私、国家犯罪者として処刑されてませんか、今頃」

ちょっと、お兄さま!!

これ本当に悪役令嬢が婚約破棄されたよザマァ希望!! っていう復讐劇でいいんですか！！？

ドロシーというのは平民娘。王太子殿下の現在の恋人だ。

「証拠がないから無実だとまだ言うか……！　この学園に舞い戻ったのも、唯一の目撃者であるドロシーの命を再び狙おうとしているからだろうが、この俺がいる限り、貴様はドロシーには指一本触れさせません！」

正義の心に燃える殿下はそう高らかに宣言し、何を血迷ったか魔術で剣を出し、私の方に突き出してきた。

「ドロシーだけではない！　俺は貴様の悪意からこの学園を守ってみせる！」

突き出した剣を大きく振り上げ、私にめがけて振り下ろしてくる王太子殿下。

学園内で流血事件を起こそうとするとか阿保《あほ》なのか。いや、気分はヒーローなんでしょうね。

私は、話が事実なら、貴族の子供たちが通う学園の守りの要《かなめ》であり、重要な魔術道具である門の鍵を他国に流そうとした悪女。

証拠がない。また、公爵令嬢という高い身分ゆえに、自宅謹慎……事を公にせず内々で処理されようとしていた、ということだろうか。

まさに悪役令嬢。

王太子には、私に罪を擦り付けて自分のいいようにしようとする、という狡猾《こうかつ》さはない。

ご自分の振る舞いが正しいと心から思っている目と、悪を排除しようというまっとうな理由ゆえの敵意がある。と思う。

他人の演技を見抜けるほど私は観察眼に優れてはいないけど、少なくともダリオン殿下が私(ライラ)を本気で憎んでいるという感情は本物だ。

お兄さまの話と、ちょっと違うな？

「ダリオン殿下、ちょっとよろしいでしょうか？」

よいっしょっと、掛け声をかけて、私はダリオン殿下の振り下ろした剣を弾き飛ばした。

護身用にと貴族の令嬢が持っている短剣で。

いやぁ、さすが、成績優秀・文武両道だったライラ・ヘルツィーカ嬢の体である。

条件反射というか、私が思ったように体が動いてくれる。

昨晩お兄さまと試した時は、魔術は使えなかったが、剣術や体術なら、体が覚えているのか、容易く動くことができた。

「なっ」

反撃されるとは思わなかったらしいダリオン殿下は、驚きに目を見開いて私を見つめると、すぐに反撃のための魔術を唱え始めるが、私はその前に、殿下のズボンの腰の部分だけ切って、抑えていないと落ちるようにする。

「ちょっと、よろしいでしょうか？　実はわたくし、記憶喪失でして。殿下が何をおっしゃっているのか全くわからないんですの。ちょっと詳しく説明していただけません？」

「記憶喪失?!　何を馬鹿なことを……！　そんな話信じられるか！」

えぇ、まぁ、それは、そうでしょう。

唐突すぎるし、まぁ、そう反応するだろうなぁ、とは思う。しかし手っ取り早い。

「殿下のお話を伺ったら、わたくしは何か思い出すかもしれませんし……思い出さずとも、我が身の罪を自覚すれば、殿下のお望みの通りに処罰を受けようと考えるかもしれません」

お兄さまの話には、門の鍵のことなど出てこなかった。

知らなかっただけ？

いや、ライラが自殺するまで一週間もあったのだ。

ライラの無実の証拠を集めようとしたお兄さまが、平民の娘を虐めた以上の問題を知ることができなかったわけがない。

私は文句を言うダリオン殿下の首根っこを掴んでずるずると引き摺ると、校舎裏の日当たりの悪い場所までやってきた。

野次馬はいない。

広い、誰もがいて違和感のない場所で様子を窺うのならともかく、わざわざ離れたところまで付いてくる根性を見せるものはいなかった。

王太子が危ない！　とか言って、守ろうと付いてくる者はいないのか。

人望がないのですか、ダリオン殿下。

私はドサリ、とダリオン殿下を解放すると、逃げられないように短剣で襟首を校舎の壁に固定する。思いっきり力を込めてぶっ刺したので、刃の半分ほどが壁に埋まった。

ライラ嬢ったら、すごいですね。

「記憶喪失になったわたくしは、お兄さまから、わたくしは王太子殿下によって汚名を着せられ、病に臥せっていたと聞きましたの。それで、てっきり殿下が他の御令嬢に心変わりして乗り換えるために、わたくしにあることないこと適当に罪を着せて追い出したのだと思ったのですけれど……違うんですの？」

「心変わり……？　ドロシーのことか？　確かに、俺は彼女に惹かれてはいるが……俺は王太子だぞ。伴侶となる者を己の一存で選べるわけもない」

「でも好きなんですよね？」

「彼女は男にとって魅力的だ。しかし、俺にとってどれだけ魅力的に見えようと、国にとって彼女の存在が魅力的かどうかは別だろう」

あれ？

なんか、話がおかしいぞ？

ライラを排除して、てっきりダリオン殿下はドロシー嬢と婚約します、しました！　という展開になるのかと思えば……ダリオン殿下、アホじゃないな？

「……わたくしが、門の鍵を盗んで隣国の王子に渡そうとした、という話を詳しく聞かせてくださいませ」

「本当に記憶がないのか？　それとも、とぼけて罪を逃れようというのか？」

「事実は一つだけですけれど、それを判断するのは人の心。殿下はわたくしに敵意を持ってらしているので、判断の天秤は敵意を向けやすい方に傾くでしょう」

「……君らしからぬ発言だな。以前の君なら、正しいのは自分だと、ムキになって俺を説得しようと喚《わめ》き散らした」

やっぱり、お兄さまの言ってたライラ嬢の人物像と違うな。

「ならば聞いて思い出せ。君は一か月前、学園の地下にある機密の部屋から鍵を盗み出した。そして、留学が終わり、隣国へ帰る馬車に乗っていた王子と国境で待ち合わせ、その鍵を渡そうとした。だが、国境沿いで王子と会っているところをドロシーに目撃され、不審に思った彼女が邪魔をした」

「ここから国境まではかなりの距離がありますよね？　そんなところに、公爵令嬢のわたくしがいるのは確かに不審で、目にしたら違和感を覚えます。ドロシー嬢はなぜそんなところに？」

「ドロシーは元々国境沿いの貧しい村で育ったのだ。学園の授業で回復薬を作ったので、村で世話になっていた老人に与えたいと、休みを利用して戻っていたそうだ」

実際に何度も村に戻っているという外出記録もあるようで、そこに違和感はない、との見解。

「隣国が門の鍵を手に入れる利点は？」

「龍脈をコントロールできる魔術式は、魔術大国である我が国独自のものだ。他国が手に入れ、それを研究できる、ということは大きな利点になる」

「隣国の王子はどう証言しているんです？」

「ドロシーが邪魔したため、王子はすぐさま国境を越えて国に帰っている。会っていたというだけで、門の鍵を受け取ろうとした証拠はない以上、こちらから何か問うことはできない」

ドロシー嬢の証言だけでは、王子の関与は立証されない。

ただライラ嬢が鍵を盗んで国境を越えようとしていただけ、という見方もできるし、なんなら、王子はライラ嬢が国境を越えるために利用されそうになっていた被害者で、国際問題にも発展しかねない、ということか。

「なぜ私は鍵を盗んだのでしょう？」

「隣国の王子に渡すためだろう」

「隣国の王子が欲したとしても、祖国を裏切ってまで、なぜそんなことを？」

ライラ嬢は何を考えていたのだろう。

まさか隣国の王子に懸想《けそう》していて、とかではないだろう。

いや、その問題の王子が本当に関与しているのか、それも定かではない。

（ちょっと、まだ情報が少ない）

今はっきりしている事実、たとえばこれが物語なら……【】で表現できるものを【事実】として、《》で表現できるものを《予想・想像・証言》だとすると……

【ライラ・ヘルツィーカは死んだ】

《ライラ・ヘルツィーカは自殺した》

と、いうことで、かなり……話が変わる。

私は口元に手を当てて、ちらり、とダリオン殿下を見下ろした。

「ドロシー嬢に、詳しい話を聞けませんか？　もちろん、ダリオン殿下も同席してくださった上で。彼女の言い分を、わたくしも聞いてみたいのです」

「会わせると思うか？」

「もし本当に、わたくしが隣国の王子と通じ、国の重要機密を渡そうとしていたと思い出したなら、わたくしがそう証言いたします。殿下は隣国の陰謀を暴いたとして、国王陛下に進言なさいませ」

それは王太子としての功績の一つとなるだろう。

卒業前の王太子が他国との問題を解決したというのは立派な手柄になる。ダリオン殿下には、年の離れた腹違いの兄君アレシュ・ウルラ王子がいる。

とても優秀で有能な兄王子は、母親の身分が低かったため後継者として立てられることはなかったが、既に戦場でも数々の功績を残している兄王子こそ次の王にと望む声はいまだなくならない。

この問題をきちんと解決すれば、それらの声を黙らせる一つの武器になる。

そう言外に滲ませるとダリオン殿下はじっと、探るように私を見た。

「……本当に記憶がないのだな。君は、本当は俺ではなく、アレシュ・ウルラとの結婚を望んでいただろう」

「……」

ちょっと待って、なんですかその情報。

3章　私が、孤独ですか

「殿下にとって、わたくし……ライラ・ヘルツィーカはどんな人間でしたか？」

折角《せっかく》学園に登校したけれど、私は再び馬車に揺られていた。

今度は公爵家の馬車ではなく、おしのび用に貴族の子息が利用する、仕立ては良いが豪華ではない、ただの「小金持ちが乗っていそうな」馬車である。

私とダリオン殿下は向かい合っている。私が記憶喪失であることを最初ほど疑ってはいないにしても半信半疑といった様子で、時折じっと見つめてきたかと思えば、視線を逸らしてしまう。

馬車が向かうのは国境沿いの小さな村。

ドロシー嬢に話を聞きたい、という私の願いは、ダリオン殿下が同席し、私が武器の一切を持たず、常にダリオン殿下が私の首に剣を突きつけていていい、という条件で受け入れてもらえた。

それで、てっきりドロシー嬢も登校していると思ったのだけれど、彼女は昨日の夕方から故郷の村に戻っていると、そう届け出がされていた。

戻ってくるのを待ってもいいのだが、ダリオン殿下は「それなら馬車で迎えに行ってやろう」と言いだした。

王太子の自覚があるようなことを言ってはいるが、それでもまだまだ多感な青少年。すっかりドロシー嬢に魅了されている。

「どんな人間、とは？」

「記憶を失って、わたくしが話をしたのはお兄さまと殿下だけですの。お兄さまがおっしゃるわたくしは……大人しくて気の弱い、不器用な娘のようでしたので……殿下が先ほどおっしゃったような、大それたことのできるような性格だったのでしょうか？」

「……確かに、大人しい女ではあった。目つきは悪いが、いつもじっと黙っていて、周囲がどう言おうと反論一つしない。だが、俺にはよく噛み付いてきた」

「婚約者だから、でしょうか？」

「さぁな。俺の顔を見るとあれこれ口うるさく言ってきたことを、婚約者としての義務からだという言うのなら、押しつけがましいにもほどがある」

どんなことを注意されたのかと聞けば、確かに些細なことばかりだ。

生徒会長に立候補しないのはなぜだ、とか。

王太子として、周囲の人間に敬意を持たれるように振る舞うべきだ、とか。

「……殿下、人望がないって自覚されてませんの？」

学園で私が拉致した時、誰も助けに来なかったのは、王太子としてかなり……皆から好かれていないのではないかと心配になる。

しかし、ダリオン殿下はフン、と鼻で笑い飛ばした。

「俺は家臣や民にへつらう王にはならない。俺は父上のように、強い王になるのだ」

殿下のお父上、つまり現国王陛下は、英雄王と呼ばれるほど、武力に秀でた王だ。

これまでの戦《いくさ》は全て勝ち、王族として高い魔力も持っている。

王妃や側室には魔術に長《た》けた称号持ちの魔女や仙女を迎え、この国を魔術大国として確立させた偉大な国王だ。

「つまり、殿下は……わたくしとの間に愛はなかった、とお思いですのね？」

平民娘の証言一つを信じ、ライラ・ヘルツィーカを盗人と叫ぶ男である。

てっきり肯定されるかと思ったが、私の問いにダリオン殿下は少しだけ、顔を顰めた。

「……今、君の言う愛というのは男女の……俺がドロシーを思う心と同じものを、君に持っていたか、ということか？」

「いえ、関心があったのか、という広い意味でも構いませんわ。国や家の決めた婚約者同士ではありましたけれど、共に育ち、いずれ同じ道を歩いていたのでしょう？　そんなわたくしと殿下の間には、何もなかったのでしょうか？」

日本語だと、関心というのは「関わろうとする心」と書く。

興味は好奇心に近い。

そうではなくて、相手の心に触れようと、あるいは触れたと思うようなものがライラ嬢とダリオン殿下の間にはあったのだろうかと。これは私の興味だ。

「…………」

しばらく、ダリオン殿下は沈黙していた。

じっと私の顔を見て、私がどういうつもりで聞いてきたのか、そして、本当に私が記憶を失っているのかを、じっと、見つめて探っている。私は瞬きをせずに見つめ返し、殿下の瞳の中に映る少しきつい目つきの少女が、不安そうにしているのがわかった。

「友情は、あっただろう。あぁ、そうだ。俺と君には、誰にもわからないだろうが……友情があった」

「それは、婚約者だからですか？」

「いずれ国を背負う者として、育てられてきたからだ。俺は王太子として、学ばねばならぬこと、我慢しなければならないこと、切り捨てなければならないことが多くあった。孤独があった。そして、その孤独は君が抱えるもの……王太子妃になる者として、君が感じる孤独と同じものだと、俺は知っていた」

ダリオン殿下は私から顔を背け、俯いて両手で顔を覆う。

「そうだ。俺は、ライラが孤独だと知っていたんだ」

今、殿下は完全に私が記憶喪失……あるいは、以前のライラ・ヘルツィーカとは別の人格だと判断している。だからこそ懺悔《ざんげ》のように、呟いた。

「俺は、ドロシーに惹かれている。彼女は太陽のように明るく、俺の心を照らしてくれる。彼女が笑ってくれると、俺は自分が自我を持った、一人の人間だったことを思い出せるんだ」

だから、自分の孤独が救われることばかりに目が行っていたと殿下は続ける。

知っていたのに、わかっていたのに。

自分が孤独に苦しんでいたように、ライラ・ヘルツィーカも孤独を抱えていたことを、知っていたのに。

彼女の孤独は、自分の伴侶となるための道を歩いているからだったというのに。

ドロシー嬢の眩しさに目が行って、ライラ・ヘルツィーカの孤独に目を背けた。

「……だから、俺を裏切ったのか？　ライラ・ヘルツィーカ」

共に歩んできたはずなのに、ライラ・ヘルツィーカは門の鍵を盗み出し、隣国の王子に渡そうとした。

それを、ダリオン殿下は己への裏切りだと、そう憤ったのか。

そして、だから、ライラが裏切ったと傷付いた心のまま、ドロシー嬢を信じたのだろうか。

私はダリオン殿下の問いに答えられない。

ただ、自分の頭の中で、これまでの情報を再確認する。

お兄さまは《ライラ・ヘルツィーカは無実であるのに、汚名を着せられた》とおっしゃった。

そして【事実】として【ライラ・ヘルツィーカは門の鍵を盗んだ疑いをかけられている】のは確かだ。

実際に、【門の鍵は持ち出された】のである。

《鍵を持ち出せるのは学園長と生徒会長のみ》

これは、複雑な魔術式で守られており、学園長または生徒会長の魔力パターンでしか解除できないからだが、この条件については【】で保証できるだけの確証はない。

【ライラ・ヘルツィーカは門の鍵を盗んだ疑いをかけられている】としても、《ライラ・ヘルツィーカが鍵を持ち出した》は《予測・想像》の範囲に過ぎない。

やはり、ドロシー嬢にその時の状況を詳しく聞く必要がある。

私は馬車の揺れに目を閉じながら、ライラ・ヘルツィーカという公爵令嬢について考える。

彼女は何を考えていたのだろう。

死体を借りているだけの私に、彼女の思考はわからない。

彼女は本当に悪役令嬢だったのか？

それとも無実だったのか？

いいや、しかし、そんなことは関係ないのかもしれない。

事実として【彼女は死んだ】のだ。

お兄さまはおっしゃった。

彼女の名誉の回復を。

彼女を陥れた全ての者に報復をと、そうおっしゃった。

つまりこれは、ライラ・ヘルツィーカが無実であれ有罪であれ、関係のないことなのかもしれない。

私は、彼女に着せられた汚名を返上し、ライラ・ヘルツィーカを糾弾《きゅうだん》した全てに地獄を見せなければならない。

それが、お兄さまが、現実世界に【飽きた】私をこの世界に連れてきて、結んだ契約なのだ。

ダリオン殿下は物語にあるようなアホ王太子ではないようだけれど、それでも、不幸になってもらわないと、お兄さまに申し訳ない。

4章　私が、故人ですか

村が、燃えていた。

馬車で辿り着く少し前、御者が慌てた様子で一度停めて、ダリオン殿下に告げてきた内容は【行き先の村の上空から煙が上がっています】と、不穏なものだった。だが、引き返すという選択肢などあるわけもなく、さらに馬車を走らせて、そして現在。

「……なんだ、これは」

茫然とするダリオン殿下は、ショックを受けている。

村の規模は、百人程度の小さなもの。

国境沿いの、ならず者が出やすい土地に、好んで住む者などそういない。生まれ故郷という執着心がよほど強いか、あるいは国境という、中央の役人の目が届かない方が都合の良い者が流れ着く、そんな貧しい村だと聞いていたが……。

村の家屋の外に人はいない。

全ての家の扉や窓には丁寧に板が釘付けにされており、一つ一つが燃えている。

飛び火、ではない。一軒一軒、火を付けられている。

家の中から、ドンドンと人が出ようと戸を叩く音はしない。

辺りには、人の髪が焼けるにおいと、私がこれまで嗅《か》いだことのない……人間が焼けるにおいが、ただよっていた。

「殿下、わたくしが生存者を探しますので、ありったけの水魔法を使ってくださいませ！」

「あ、いや、俺は……炎の魔法は得意だが……」

「使えなくはないでしょう！」

私は動転する殿下に大声で呼びかけ、自分は井戸の水を全身にあびようとして、手を止める。

「……《この水は無害である》」

呟いた言葉は【】で肯定されない。

私の《予測・想像》の範囲である。

それに嫌な予感がして、井戸の水はそのままに、殿下に水をかけてもらおうと向き直ると、赤い髪の整った顔の青年は、その顔を強張らせたまま動けずにいるようだった。

「失礼します！」

「っ！」

平手打ちをすれば、ダリオン殿下の目がはっと、我に返ったように私を見つめた。

「殿下、わたくしは記憶を失ってから魔力が使えなくなっています。この場では、殿下の魔法だけが頼りです。どうかお気を確かに」

「あ、あぁ……わかっている」

村の異常な様子にしり込みするのはわかる。

しかし、怯える子供をあやしている暇はないのだ。

ダリオン殿下はすぐに呪文を唱え、私に水をあびせてくれる。

ずっしりと重くなった制服と、長い髪の邪魔な部分を縛って私は走り出した。

「ライラ！　どこへ行く!?」

「わたくしは生存者を探します！　こう見えても力がありますので！」

魔力は使えないが、腕力はあるのだ。

駆け出して、誰か返事をして、と呼びかける。

炎で家屋が燃える音、納屋から逃げ出した家畜の悲鳴……家畜がまだ生き残っているということは、村が燃えてまだそれほど時間が経っていない。まだ生存者がいる可能性があるのではないか、と希望を持ちたいが……返事は一つもない。

村中を駆け回っていると、教会を見つけた。

海外の映画やドラマで見るような、木造二階建ての教会だ。

その教会の扉と、窓にも板が張り付けられている。

今も炎が煌々と燃えて、近づくものを威嚇《いかく》するように、熱風が私の濡れた頬をあっという間に乾かす。

そこに、人がいると感じた。

「ライラ・ヘルツィーカ!! 気合を入れて!」

私は腹に力を込めて、殿下から借りた剣を振るう。

ザンッと、剣は教会の重い扉を切り裂いた。

炎と煙に包まれた教会の中が、見える。

「……ぅっ」

私は喉から悲鳴のような呻き声を漏らす。

想像は、していた。

一番嫌なものを予想して、だから必死に剣を振るった。

「ライラ! これは……」

「……村人を教会に押し込めて、火を放ったのですね」

折り重なった村人の、死体の山。

彼らは皆、望んで教会に入ったのではない。

皆、恐怖と苦痛で顔を歪めている。

「……生存者は、いないのか」

「……」

殿下の問いに答えられない。

開放していない家屋の中にも、閉じ込められた人はいて、生きている者もいるかもしれない。

そう期待して、一軒一軒を確かめていく。

私も殿下も無言だった。

焼けて折り重なった母子。

必死に窓を叩いて力尽きた老人。

自分で命を絶った血まみれの娘。

一軒一軒確かめる度に、絶望が濃くなる。

「ドロシーは……どこだ？」

そんな、苦しいだけの作業を延々と続けていると、ぽつり、と殿下が呟いた。

そうだ。この村は、ライラ・ヘルツィーカの罪を証言したドロシー嬢の育った場所。彼女は
この村に帰っているはずだ。

そう聞いて私たちは彼女に会いに来たのだが……。

一人一人の顔を確かめたわけではないけれど、今のところ、それらしい若い少女はいなかったと思う。

「ドロシー!! ドロシー！！！」

殿下が半狂乱になって、愛しい娘の名を叫んで回る。

殿下が大方の火は消してくれたので、私はあとは殿下の好きにさせようと自分の作業を続ける。まだ、もしかしたら、生きている人もいるかもしれない、まだそう思いたい。

何があったのか、話してもらわねばならないから。

「……っ、う……だ、れ……か」

周囲を見渡す私の耳に、か細い声が届いた。

即座にその声の方に駆けだす。

煙と小さな火がくすぶっている、半壊した家屋の中から、声が聞こえた。

今にも崩れそうな木造の家だ。

派手に切り倒しては、崩れて中の人が埋まってしまうかもしれない。

私は無事な隙間隙間をぬうように家の中に入り、生存者を探す。

竈《かまど》の中に、少年が蹲《うずくま》っていた。その傍には母親らしい女性が喉をかきむしった格好で、下半身が瓦礫の下敷きになって倒れている。

母親の方は確認するまでもない。

「しっかりして！　助けに来ましたよ‼　もう、大丈夫です！」

私は少年の口に濡れた布を当ててその腕を掴む。

「ぐっ、ぬっ‼」

私の顔を見て安心したのか、気が抜けたのか、少年は意識を失ってぐったりとしてしまった。

力の抜けた人間ほど重いものはない。しかし、折角見つけた生存者だ。私は両足を踏ん張って少年を背負うと、剣を支えにしてなんとか進んだ。

「……嘘でしょ……！！？」

だが、一歩進んだところで目の前の柱が崩れる。

竈の中の方が安全だったかもしれない。

今にも天井も落ちてきそうだ。

少年だけでも再び窯の中に押し込めようとしていると、ついに、天井が崩れた。

この体って死体なんですけど、それでも私、死ぬんでしょうか！！？

咄嗟《とっさ》に少年の体を庇い、抱きしめる。

しかし、衝撃はなかった。

「なんだ、貴様、死んでおらぬのか」

聞こえたのは、侮蔑を孕んだ、どこまでも低く地を這うような男の声。

私は閉じていた目を開き、自分の身に起きたことを確認する。

崩れ落ちるはずの天井は凍り付いていた。天井だけではない。燃えていた何もかも、煙を出していた全てが、氷の中に閉じ込められていて、もう何も誰を焼くことも、害することもできなくなっていた。

「……」

「いつまで這《は》い蹲《つくば》っている？　それとも、私の哀れみでも期待しているのか」

かつん、と氷塊の上に太陽を背にして立っているのは、水晶に透かしたような金の髪に、燃えた灰の瞳の甲冑の男性だった。

立派な黒い甲冑に、たくさんの獣の毛皮を使って作った豪奢《ごうしゃ》なマントを着た男性は、私をこの世で最も醜悪なものだと判じている目で見降ろしていらっしゃる。

「え、誰？」

なんか、知り合いみたいなのですが、そんなに自信たっぷりの登場をされても……その、困ります。

思わずマヌケな顔と声で呟くと、その人は軽く眉を跳ねさせた。

だから、誰ですか、あなた。

「今はそれはどうでもいいことです。とにかく、助けてくれてありがとうございます。お一人ですか？　回復魔法は使えますか？　回復薬などお持ちであれば、この子にお願いします」

まぁ、自己紹介をしてもらうのは後でもいいだろう。相手は私を知っているようなので、私は名乗らなくてもいいし。

それで氷の上をがんばって歩いて、背負った少年を、その何か偉そうで強そうな男に見せる。

何か言われるかと思ったが、男は黙って頷くと、私が一生懸命背負った少年をひょいっと、片腕だけで担ぎ上げる。

「将軍閣下！　村の生存者はいないようで……そちらは？」

「唯一の生存者である。火傷と、煙を吸って気を失っている。手当してやれ」

「っは！」

そのままついて行くと、村にはいつの間にか大勢の兵士……立派な騎士たちが集まっていた。

それぞれ指揮系統があるようで、きっちりと統制された動きであちこちに移動し、火を消したり、瓦礫を取り除いたり、死体を運び出したりしている。

私たちに近づいてきたのは、厳めしい顔をした武人で、金髪の男の参謀、あるいは副官といったところだろうか。男の指示にきっちりと礼をし、少年を預かってくれる。

将軍閣下。

「あなた、もしかして――」

「アレシュ・ウルラ！　兄上！　なぜここに!!」

思い当たる人物の名を私が言おうとする前に、ダリオン殿下が駆け寄ってきた。

「愚弟が」

「……っ、いかに兄上と言えど、王太子である私に無礼な態度はお止めください!!」

「愚かな弟をそう呼んで何が悪い。小賢しい小娘如きにいいように利用されおって」

うわ、怖っ。

ジロリ、と弟を睨み付ける目は、親族に向けてよい類のものではない。

何か喚き散らすダリオン殿下を無視し、アレシュ・ウルラ第一王子は私を見降ろした。

「なぜ貴様は生きている？　ライラ・ヘルツィーカ」

【死んだだろう】と続けられた言葉は、アレシュ・ウルラ王子が《予測・推測》としてライラの死を扱っているのではなく、確固たる確信があってのことだと、そう私に知らせた。

5章　私が、誘拐犯ですか

「貴様はとうに死んだであろう、ライラ・ヘルツィーカ。なんだ、生き汚いだけではなく、今度は腐敗していく己の腐臭を撒き散らそうとでもいうの」

当然のように告げてくるアレシュ・ウルラ将軍の瞳は、私に対して絶対的な嫌悪を持ってい
る。ダリオン殿下曰く、ライラ・ヘルツィーカは王太子である殿下よりこの兄王子との結婚を望んでいたとかなんとかいう話だけど、いったいライラとアレシュ・ウルラ将軍はどんな関係だったのか。

「と、おっしゃいますと」

「そこの愚弟ならともかく、この私を謀《たばか》れると思うたか。いや、白々しいその顔は見事ではあるか。その首の痣をさらしておいて、よくぞとぼけるものよ」

首、と言われて私は、はっと自分の手を持っていく。

炎の中を駆け回ったため、首がじりじりとひりつく痛みを訴えている。鏡で自分の顔を見た時には、その白い首にはなんの痕もなかった。けれど熱で体温が上がり、痣が浮かび上がっているのかもしれない。

ライラの死因である、首を吊った痕か、と思えば、その直後にダリオン殿下が眉を顰《ひそ》めてこちらを見つめてくる。

「なんだ、君のその……首の痣……人の指のように見えるが……」

……ほう。なるほど？

私の首には【痣が浮かんでいる】《人の指のように見える》と……？

縄とか紐の痕ではなくて？

「見なかったことにしてください。体の一部をじろじろと見るなんて、失礼ですよ、殿下」

「その姿で平然としておいて何を言うんだ……俺の上着を貸してやる」

鏡などここにないから確認できないが、私は散々な姿をしているらしい。

確かに、乱暴に水魔法を被って、あちこち炎の中を駆けずり回った。

服の泥汚れだけでなく、なにかに引っ掛けて破れたところや、顔中が煤塗れになっているのかもしれない。

私は殿下が脱いで差し出してくれた上着で遠慮なく顔を拭くと、ダリオン殿下は慌てて上着を引っ張った。

「違う！　そうじゃない！　着ていろということだ！　雑巾代わりにするな！」

「え、すいません」

しかし、今の私に必要なのは、体を隠してくれる上着より、汚れを拭える雑巾なのだが……善意の受け取りというのは難しいですね。

「茶番は程々にせよ」

「兄上……！　そうだ、兄上！　私に人をお貸しください！　ドロシー……村にいるはずの私の同級生が見つからないのです！　もしや……村をこんな状態にした者に連れ去られたのではないかと……」

「子爵の令嬢、あの薄紅色の髪の娘か」

ドロシー嬢は髪がピンクなのか。

アレシュ・ウルラ閣下はドロシー嬢をご存じのようで、軽く目を細める。

「その娘ならば、王宮におるぞ。掠り傷一つなく、無事だ」

「!?　本当ですか！　そうか……王宮に、良かった」

疲労し、その顔にくっきりと絶望の色が浮かんでいたダリオン殿下の顔が輝く。

本当に彼女のことが好きなんだなぁ、とよくわかる。

「何が良いものか！　この低能！」

しかし、安堵し膝から崩れ落ちる弟を、兄上は叱責した。

「今朝早く、宮殿にその子爵の娘が駆け込んできおったわ！」

うん？　今朝早く？

「己の村が襲われたと、助けてほしいと懇願するその様子は、いかに髪を振り乱し、必死の形相であろうと美しく、見る者の同情と庇護欲を煽ったそうだぞ」

「なんと……健気な。ドロシー……自分も怖い思いをしただろうに」

「貴様はどこまでアホなのだ？」

何度目かの罵倒だ。

アレシュ・ウルラ閣下は、殿下をミジンコ以下の脳みその持ち主だとでも思っているのかもしれない。その言動の一々に苛立ち、声を震わせている。

普段からこんなに沸点の低い人なのだろうかと私は引くが、しかし、私と少年を助けてくれた時の様子からは、もっと冷静で冷酷な人のようにも思える。

「ただそれだけであれば、わざわざ、将軍たるこの私が兵を率いて来るものか。その娘の訴えの直後に、貴様がライラ・ヘルツィーカによって攫《さら》われ国境沿いに向かったという知らせが入り、国王陛下が直々に、この私に貴様の救出を命じたのだ」

「え、わたくしが殿下を攫ったことになっているんですか？」

問いかけた途端、私の体は地面に押し付けられた。

「ぐっ」

物理的なものではない。

重力が急に増えて、体が地面にめり込むほど重くなる。

這い蹲って顔も上げられないでいると、そんな私の頭にさらに重みが加わる。

位置的に、アレシュ・ウルラ閣下に踏まれているのだ。

「兄上!?　お止めください！」

「貴様はいい加減その愚かな口を閉ざせ。何を言われて、一度捨てた女にノコノコ付いて行ったのかは知らぬし聞く気もないが、そんな貴様でもこの国の王の子だ。怪我は連れの回復師に見せよ。その火傷だらけの顔を父上に見せるな」

声だけしか私にはわからないが、なるほど、と合点がいくものがあった。

口ではこのように言いながら、アレシュ・ウルラ閣下は殿下を案じていたのかもしれない。

お兄さまは妹想いでいらっしゃったし、このアレシュ・ウルラ閣下も弟思いという可能性がある。

私、ライラ・ヘルツィーカは、学園の門の鍵を他国に流そうとした疑いのある女。その女が、この国の王太子を連れて国境沿いへ向かっている。

他国へ連れて行き、人質あるいは何かしらの道具に使おうというのではないか、そう、つまり私は今回、王太子誘拐犯として追われていたらしい。

私は無実ですけどね！

内臓とかがつぶれかかっているのか、あるいはつぶれたのか、私はげほり、と血を吐く。それでも私の頭を押さえる足の重みと、体中にかかる重力はなくならない。

こ、これでダリオン殿下に助けを求めたら、殿下は兄上に強く言って私を助けてくれるだろうか？

そんな考えが一瞬浮かぶ。

「ダリ…」

「売女《ばいた》が、気安く呼ぶでない」

力を振り絞って顔をなんとか横にずらし、赤い髪の青年に瞳で訴えようとした。だが、私が震えながら伸ばそうとした腕はアレシュ・ウルラ閣下により踏みつぶされる。

自分の骨が押しつぶされる音と、反射的に上がった自分の絶叫を聞きながら、私の意識は飛びかけたが、人間はそう簡単に気絶したりできないらしい。

「あ、兄上……」

「貴様は先に行け。愛しい女の無事を確認したいのであろう」

「ド、ドロシーとは、まだ……そのような関係ではありません！」

「そうか。ではいずれそうなるつもりか」

私が呻いている頭上で、朗らかに兄弟の会話が広げられる。

何？　なんで、私はこんな目に遭ってるの？

自分の世界に【飽きた】から、軽い気持ちで異世界へ行ける方法を試して、それで、偶然こっちの世界に来て、そこで私がやらなければならないことははっきりしていた。

あぁそうだ。

私は、報復しなければならないのだった。

ライラ・ヘルツィーカに悪意を向け、陥れようとする全ての者たちに、自分たちが勝者ではなく、敗者であることを知らしめないと、いけないのだった。

◆◇◆◇◆

王太子誘拐犯として連行された私は、問答無用で牢にでも入れられるかと思ったが、意外なことに家に帰してもらえた。

といっても、私室に完全に監禁され、窓の外や扉の向こうはアレシュ・ウルラ閣下お抱えの兵士たちがしっかりと守っている。

公爵家の屋敷にそのようなことが許されるのかと言えば、いまだ会ったことのないライラ・

ヘルツィーカの父は、娘の容疑を否認することなく受け入れ、全て王宮側の要求通りにすると、そう従順の意を示したそうだ。

「つまり、君は失敗したということか？」

「嫌ですわ、お兄さま。まだ始まって一日目ですわよ」

「私の前でその話し方はしなくてもいい」

ボロボロになった格好は、そのままにしておけと、アレシュ・ウルラ閣下のお達しらしい。私は美しい部屋の中で、焼け焦げ泥まみれになった姿のまま、汗の浮かんだ額に布を押しあてる。

当然、魔法や他の人の手による怪我の治療も許可されておらず、この分では発熱するし、細かな傷口から感染症にかかる恐れもある。

自分の知る知識でできる限りの処置はしているが、腕の骨が砕かれている、これは私にはどうしようもない。

痛みを紛らわせるようにとこっそりお兄さまがくれた薬草を噛みながら、私はいくつか確認したいことをお兄さまに問いかけた。

「まず一つ目、貴方は本当に《ライラ・ヘルツィーカの兄である》んですよね？」

「まずそこを疑うのかい？」

「えぇ。実は《ライラ・ヘルツィーカに兄などいない》というのが【真実】だった場合、私は兄だと思っている人の都合の良い情報だけを知らされていることになります」

「私はハヴェル・ジューク・ヘルツィーカ。君の兄だ。間違いない」

「でも、それは貴方の証言でしかありません。貴方が一人でいる時、私が一人でいる時しか、顔を合わせていませんから、第三者の証言もありません」

私はこの目の前の男性を【】の保証を持って兄、とはまだ扱えないのである。

「なるほど、それじゃあ逆に聞こう。《この公爵家を自由に出歩き、父上……ヘルツィーカ公爵の黙認を受けて、監禁されている君の部屋を訪ねることができる私は、君の兄以外の何だと言うのか》」

「たとえばそうですね。《貴方は隣国の王子、ヤニ・ラハ殿下である》とか、どうでしょうか？」

「……へぇ？」

実は公爵家は隣国と通じており、ヤニ・ラハ王子を公爵家は匿っている。

ライラ・ヘルツィーカ、自身の娘を使って門の鍵を持ち出させ、そこで王子に渡すはずだったところを、ドロシー嬢により阻止され、しかしまだ何か目的があってこの国に留まっている、という可能性も考えられる。

ライラ・ヘルツィーカとお兄さま、ハヴェル・ヘルツィーカの顔は多少似ているが、それは「兄妹だ」と知らされた頭で「そういえばどことなく似ているな」と思う程度だ。

「それでは《私の憎悪は偽物である》と？　死んだ妹の体を使い、秘術を使って君の魂を定着させ、ただ妹の名誉の回復をと願っている私のこの思いは演技だと言うのか？」

「この体で動いている私だからわかりますが、貴方のその【何かを後悔している】感情は本物で、だからこそ【私はライラ・ヘルツィーカの体を使えている】と思います」

けれど、心というのは証明しかねるものだ。

この質問は、答えが出ないものだと私は早々に判じる。ただ、私がお兄さまを無条件に信じているわけではない、ということを知らせる必要があった。

何しろこの男は、ライラ・ヘルツィーカの死因を騙っている。

ただ私に報復しろとだけ言ってきたお兄さまが、私が疑っていると知れば、次はどんな行動をとるのか、それを見たいのだ。

「それと、何か……ライラ・ヘルツィーカを知ることのできる日記か何かはありませんか？」

「日記？」

「えぇ、彼女が何を感じ、どんなことを考えていたのか……お兄さまやダリオン殿下から聞いた以外の、彼女の人物像を知りたいのです」

鏡を覗けば、ライラ・ヘルツィーカを見ることはできる。だが、故人である彼女が私に語りかけることはないし、体を見ただけで彼女を知ることはできない。

「日記、か。一応、毎日書いていたものはある。私も、悪いとは思ったが、妹の死後、読ませてもらった。だが、感情的なことは何も書かれていなかったよ」

そう言ってお兄さまは、部屋の机の引き出しから一冊の日記帳を出してくれる。

「八歳の時、高熱で倒れたことがある。それからずっと付けているものだ」

八年分の記録か。しかし、それにしては随分と薄い気がする。

「……日付と、起床時間、食べたものと出かけた先、会った人と、就寝時間、くらいですね。書いてあるの」

一応《特に変わりなし》と書いてはいる。しかし、小学生だってこれより上等な日記を書くぞ、というくらい、味気ないものだった。

私は、念のためにこれを確認する、と言って、お兄さまは退室した。

あまり長居もできないのだろう。

一人になって、ぱらぱらと日記という名のメモ帳をめくっていく。お兄様の言う通り、感情的な文章は一つもない。

つい最近の、国境沿いで騒動があった時と思しき時期の記録でさえ、いつもと同じ、日付と起床時間と就寝時間、食べたものと会った人間が書いてあるだけである。

そして当然のことながら、そこにヤニ・ラハ殿下の名前はない。会っていたとしても、誰かの目につく日記には残さないだろう。

「……うん？　あれ？　これ……もしかして、でも、まさか？」

だが、八年間のその記録を何度も見返して、六回目くらいだろうか。

私は日記の中に時々、文字の書きそこねとも思えるぐにゃぐにゃになった文字を見つけた。

ひっくり返したり、逆さにしたり、次のぐにゃぐにゃの文字と合わせると、それは……一つの文章になった。


【貴方は誰？　私は日本人。私は転生した悪役令嬢】

6章　私が、容疑者ですか

「なぜ彼女はこんなものを残したのかしら？」

　日記を再度、注意深く読み返してみる。だが、最初に発見した日本語の文章以外のものは見つからなかった。

【ライラ・ヘルツィーカは転生した日本人】

　彼女が自分で自分を悪役令嬢、というからには、この世界はいわゆる乙女ゲーム、あるいはそれに類似した小説か何かの世界ということか？

「いえ、だとしても、物語の通りには進んでいない」

　この世界が何であれ、それは今この世界で生きている私には重要な情報ではない。

「……転生したと自覚しているライラ・ヘルツィーカは、自分が悪役令嬢として破滅することを知っていた、と……セオリー通りなら、そう考えられる」

　その手の小説は大好きだった。

　いわゆる、日本で暮らす女性が不運にも命を落とし、乙女ゲームの世界の悪役令嬢として転生する。

そして転生した悪役令嬢は、このままでは自分は断罪される、または婚約解消される、修道院に送られる、悪いパターンでは命を落とす。

それに怯え、あるいは冗談じゃないと、跳ね除ける。幼い頃からあれこれ仕込みをして、シナリオ通りにならないように努力する、というのが大まかな筋だ。

八歳の頃高熱を出してから日記をつけ始めた、というライラ・ヘルツィーカ。高熱が前世の記憶を取り戻すきっかけだったと仮定して、彼女は何を考えただろうか？

「私なら、当然……全力でガッツポーズする」

公爵令嬢という高い身分、銀髪青目の約束された勝利の美少女になったわけだ。

さらに、自分がその乙女ゲームを知っているのなら、たとえその配役が悪役令嬢だろうが……いやむしろ、昨今の流行りにならえば、悪役令嬢への転生こそ勝ち組なのでは？　とさえ考えるかもしれない。

何しろ今後の展開、攻略キャラクター（が、存在するなら）のトラウマから攻略ポイントまで把握しているのだ。情報こそが武器とはよくぞ言ったもの。まさに勝ち組。

か弱い儚げなヒロインがもてはやされる時代は終わった。これからは、己の運命は己で切り開く強い女が勝ち上がる時代、とそう、意気揚々と、自分の運命に挑めたのではないか？

「……でも、一月前に門の鍵を盗み出した嫌疑をかけられ、そして八日前に婚約解消されている」

なぜ？

ゲームの世界ではなく、実際の世界だから、思い通りにならないことだって多々あった、それは考えられる。

しかし、だとしても、ここまで頭が良く、努力をしてきたライラ・ヘルツィーカが、こんなに重大な事態に陥るような、失敗をするだろうか？

そう【ライラ・ヘルツィーカは努力家だった】と、私は確信している。

これは、彼女が私と同じ日本人で、そして転生者という自覚を持っていたと知ったからこそ、確信できることだ。

私の知る現代日本は、豊かで、緩やかだ。

そして、特権階級制度がない。

国民はみな平等。

この豪華絢爛な調度品に囲まれ、そしてその中にいて、まるで違和感のない振る舞いを見せられる公爵令嬢になるには、ただそうとして生まれて、いかに前世の知識があろうと、いや、あるからこそ、既にある価値観に蓋をし、染まり切ることは難しいものだ。

だが、ライラ・ヘルツィーカとして生まれた彼女は、名門貴族の有能な子息令嬢が集まる学園内でもトップの成績で君臨し、生徒会長の任まで受けた。

言語だけでなく、地球の方程式とは異なる数学、歴史、科学的なもの、魔術的なもの。それらを、ただ把握するだけでなく、学生の範囲ではあれど最高のレベルまで修めることは……たった十年でできるものだろうか？

死体を使っている私がこの世界の言語を話し、文字を読めるのは、ライラ・ヘルツィーカの能力によるものだ。

村で私が矢のように素早く動け、剣で扉を切り裂けたのは、ライラ・ヘルツィーカが自分をよく鍛え上げたからだ。

ライラ・ヘルツィーカとして転生した日本人の女性は、ただ淡々と生きて【飽きた】などと無責任に人生を放棄した私とは違う。

「学園に入らず、領地に引っ込んで王都に近づかなかったり、または王太子との婚約を拒んだり、それに相応しくないように……自分を甘やかして生きることだって選べたはずよ。でも、ライラ・ヘルツィーカはそうはしなかった。彼女はこの世界の悪役令嬢だと自分で自分を思っていた上で、公爵令嬢として、王太子の婚約者に相応しい人物になるべく、努力していた」

逃げなかったのだ、ライラ・ヘルツィーカは。

《そんな彼女が自殺などするわけがない》

そして彼女は、日記にも自分の感情を残さなかった。

日記とは何のためにつけるか？

人により理由は様々だろう。だが、ライラ・ヘルツィーカは、自分が転生した悪役令嬢だと自覚してから、何のためにあの淡々とした日記を書いたのだろう。

「たとえば日記というのは、小説の中では、生前のその人物の真相を知るための重要なアイテムだわ。日記で後悔や、意外な事実、視点が書かれてたり。だから私も日記を見ることを希望したんだけど……」

あの淡々とした書き方は、自分の本心をうっかり誰かに見られないための用心……？

だとしたら、《本当の日記がどこかにある》のか？

「いいえ、それは【あり得ない】でしょうね」

私は自分の疑問を否定し、存在しないことを事実として自分の中に固定する。

「【ライラ・ヘルツィーカは孤独だった】でもそれは、王太子妃としての孤独じゃない。彼女は《誰も信用できなかった》のよ。何もかも自分の中で完結させた。だから、日記にも残していない」

それでも日記を書いた。

そして、誰にもわからないように、そっと自分の身の上を書き綴《つづ》った。

それはなぜか？

どんな意味があるのか？

そんなのは、わかり切ったことだった。

私は鏡の中に写った、銀の髪に青い瞳の、見るだけで息を飲むほど美しい少女を見つめる。

粗末な姿で、薄汚れた顔で、ややキツイ印象を受ける顔だちの少女は何も言わなかった。

ただ、私は真っすぐに彼女を見つめ、目を伏せる。鏡にそっと触れて、額を付けた。

「苦しかったのね、貴方は」

誰にも何も告げられない。

誰も信じられない。

それでも、逃げずに、逃げずに、進むと決めた。

日記にさえ残せず、心を見せられず、ただ進んだ。

日記のあの隠された文字は、そんな彼女のたった一つの弱音だ。

そう残すことで、そう記したことで、彼女はやっと小さく笑えたのかもしれない。

わたしは日本人。わたしは転生した悪役令嬢なのよ、と。

「貴様が助けた村の生き残りは、銀髪の貴族の娘が自分たちの村を襲ったと、そう証言しておるぞ」

◆◇◆◇◆

翌朝、私は空がまだ完全に明ける前に、アレシュ・ウルラ閣下からの呼び出しを受けた。

貴族の令嬢として扱う気はないらしく、両手を後ろで縛られ、首に縄をかけられたまま連行されたのは、王都にある高等裁判所の拘留所だ。

拘留所と言っても名ばかりで、牢屋のようなものである。そこに現れたのは、甲冑姿ではなく礼服を着たアレシュ・ウルラ将軍閣下。

挨拶を交わすこともなく、開口一番にそう告げてくる。

「ダリオン殿下はなんとおっしゃられているのです？」

銀髪の貴族の娘って、えぇ、明らかに私なんでしょうね、疑われているのは。

そう証言した少年が実際に事実を告げているのか、あるいは今後の身の上の保証と引き換えにそう証言することを誓ったのか、わかりはしない。

だが、私にかけられた王太子誘拐の件に関しては、一緒にいたダリオン殿下が否定してくれはしないものか。

「あれはロクに判断のできぬ未熟者ゆえ、王妃の宮に隔離されておる。貴様が何を喚こうと、あれに伝えられることはただ一つ、貴様の処刑が終わった、という知らせのみよ」

「まぁ、そうなりますよね」

ダリオン殿下はライラ・ヘルツィーカの白馬の王子様になってはくれないらしい。

だが、隔離されたという話を聞くと、もしかすると私を庇うような発言をしてくれたのかもしれない。

……いや、今の話の、私が気付くべき点はそこではないな。

もちろん、私がこれから処刑されるのは決定事項だ、という点でもない。

「……疑っていますのね？」

「見るからに怪しい女ゆえ、当然であろう。国境沿いをフラフラと若い女がそう何度も行き来すれば人目につく。それが貴族の令嬢であればなおのこと。この私を騙れると思い上がるでないわ」

「冷気出すの止めてくださいい。寒いです」

ピシピシと周囲が凍り始めたので、私は身震いをして訴える。

「ダリオン殿下から、わたくしが記憶喪失であると、お聞きになりまして？」

「そのようなバカげた、都合のよいことがあるものか」

ですよね。

実際、記憶喪失ではないですからね。

ダリオン殿下は、そういうところは素直な良い青年だ。疑いながらも、信じてくれた。というか、ライラ・ヘルツィーカと一緒に育った彼だからこそ、私の言動がライラと違いすぎる、記憶喪失というのは本当かもしれない、と信じてくれたのだろうけれど。

そんなダリオン殿下のことも、ライラ・ヘルツィーカは味方、とは考えなかった。

なぜならライラ・ヘルツィーカは、この世界が何かしらの……物語のモデル、関係、あるいはそのものであることを知っていて、何が起きるかの知識を持っていたからだ。

悪役令嬢であるライラ・ヘルツィーカにとって王太子は、いずれ他の女に靡《なび》き自分を裏切る存在、と、そう彼女は諦めていた。

だが、馬車の中でのダリオン殿下の話から、ライラ・ヘルツィーカは殿下には、ムキになって感情を表していた、というのも知れる。

一緒に育ったから、婚約者だから、自分が努力して、王太子妃に相応しいレディになれば、殿下は裏切らないのではないか？

そして、いくら頭の中ではこれから起こることを知識として知っていても、もしかしたら、違う道になるのではないか、生身の人間なのだから、わかってくれる、いや、ダリオン王太子殿下にだけは、わかってほしいと……そう感情的になってしまったのかもしれない。

まぁ、ダリオン殿下は、ドロシー嬢にすっかり熱を上げてしまったようだけれど！

「以前のことを覚えていない、というのは信じてくださいませ。だから、もしかしたら……これは、二度目の提案になるのかもしれません」

私は牢の格子越しにアレシュ・ウルラ将軍閣下に手を伸ばす。

切り落とされるかもしれないが、先ほどの【疑っている】という肯定から、きっとそうはされないだろう、という予想はできた。

「わたくしの味方になってくださいませ。アレシュ・ウルラ将軍閣下」

そうまでダリオン殿下を思っていたライラ・ヘルツィーカは、なぜ兄王子であるアレシュ・ウルラ将軍との結婚を望んでいる、とダリオン殿下に知らせていたのか。

考えられることは一つ。

ライラ・ヘルツィーカの知る前世知識の中で、アレシュ・ウルラ将軍はヒロインに攻略されない人物だからだ。

「閣下も、ドロシー嬢を疑っておられるのでしょう？」

7章　私が、探偵役ですか

「異端審問官風に言えば、どちらも魔女に成り得るのだ。貴様でも、あの小賢しい小娘でも」

　私の手が取られることはない。

　アレシュ・ウルラ閣下は、その何もかも燃やし尽くしたような灰色の瞳で、私が差し伸べた手を一瞥《いちべつ》する。

「二人の貴族の娘が此度《こたび》の事件の重要な部分に関係している。貴様、ライラ・ヘルツィーカは悪意を持って関わっていると、そしてあの小娘は善意から関わってしまった、と。ゆえに、わかりやすくさらされたものを、ありがたく頂戴して飲み込んでいるような連中ばかりだ」

「でも、アレシュ・ウルラ将軍閣下。あなたは村が焼かれた件に関してだけは、私が犯人ではないと考えていらっしゃいますね？」

「それは貴様の希望であり願望であろう。この私が貴様に温情をかけると思うか」

「いいえ、閣下は冷静な方です。たとえば……私をこの姿のままにさせていることから考えるに……ドロシー嬢の靴はとても綺麗だったのではありませんか？」

　王宮に駆け込んだというドロシー嬢。髪を振り乱しながら必死の形相で訴える様は美しかったとアレシュ・ウルラ閣下の話にはあった。

だが衣服については、何も言葉にされていない。

一番に目につくのは、表情よりも装いだ。

燃える村から一人助けを呼びに出て、長い距離を走ったというのなら、それなりに汚れているはずなのだ。

「おそらく閣下は、ドロシー様の衣服は上等なものと交換させ、証拠として保管されているのでは？」

「なるほど、では貴様をその姿のままにしている理由はどう考える？　その考えでは、貴様の衣服もこちらで保管しておけばよいだけのこと」

「まぁ、そこは、えぇ。閣下はわたくしのことを毛虫のように嫌っておいでですので、嫌がらせかと」

麗しい令嬢に屈辱を与えるのと、そちらで持っている手間が省けるとか、そういうのではないか、と指摘すると鼻で笑われた。

「つまらぬ挑発であるな。理にかなった答えに辿り着けなかったからとて、茶化そうなどと、愚か者め」

「本心ですが、このくそ野郎」

一瞬でアレシュ・ウルラ将軍の嘲《あざけ》りの笑みが消え、その美しい瞳が大きく見開かれた。

私は、先ほどの冒険は空耳だったと言わんばかりの輝く笑顔を浮かべ言葉を続ける。

「もう一度申し上げますわ、アレシュ・ウルラ将軍閣下。わたくしの味方になってくださいませ。ライラ・ヘルツィーカが死したことをご存じ、ということは、聡明な閣下は、わたくしが尊き貴族の公爵令嬢ではないことなど既に気付いておられるのでしょう？　であれば、閣下がライラ・ヘルツィーカに抱くその憎悪を、わたくしが受ける筋合いはございません」

私はこの男を自分の味方にすると決めた。

なら、こちらが公爵令嬢の顔をして大人しくしていてはフェアではない。

あちらは私に暴言を吐くし軽く扱う。それでいいと考えている男と手を組むのだから、私の目線まで引き摺り落とさねば、私はライラ・ヘルツィーカと同じ轍《てつ》を踏むだけだ。

「……死にたいのか？」

「今のわたくしの命は、閣下の好き勝手にできるものではありません。王太子誘拐犯にして、門の鍵を盗み他国へ流そうとした上、その目撃者のいる村を焼き払った、凶悪犯罪の容疑者ですのよ、わたくし。正しく処刑を言い渡され、民衆の前で死なねばなりません」

絞首刑か断頭台か、それとも火刑台かは知らないが、ここまでやらかして大々的に広まっている以上、ライラ・ヘルツィーカの処罰は誰もが知れるように、正義の名の下にくだされなければならないだろう。

アレシュ・ウルラ閣下は長いこと沈黙していた。

閣下にとって、いや、おそらくこの騒動を高いところから眺めている方々にとって、ライラ・ヘルツィーカとドロシー嬢、どちらが犯人でも構わないのだ。

《ライラ・ヘルツィーカが犯人であった場合、起こりうること》
・王太子との婚約解消。
・ヘルツィーカ家の弱体化、あるいは取り潰し、一族処刑。

《ドロシー嬢が犯人であった場合、起こりうること》
・王太子の醜聞により再度後継者争いが勃発する可能性。

どちらでも、構わないのだ。

どちらにせよ、メリットはある。

だがその、どちらがどちらかを決めるのは誰か、にもよるのだけれど。それは今の段階ではまだ、候補者を推測でしか立てられない。

しかし、アレシュ・ウルラ閣下はその決定権を持つ者への発言力がある可能性がある。

「……件の村を焼いた者があの小娘だとして、その方法はなんとする？　貴様、《公爵令嬢ライラ・ヘルツィーカであれば、人を雇い暗に行うことも可能》だろう。村中の家の戸を板と釘で打ち付け、外から火をかける。だが、【あの小娘には貴様と同じ手段は使えぬ】。あの小娘は子爵の庶子であり、此度は家に迎え入れられたものの、自由になる金銭やツテはない」

「別に大勢の人を使う必要なんかありませんよね？　少女【一人でも十分可能な犯行】です」

あの村でのことは慌ただしく、目まぐるしく過ぎたけれど、強烈な記憶としてしっかりと覚えている。

「疑問に思ったのは、教会の中にも人が閉じ込められていたことです」

村人たちは全員家があるのだから、全ての家にその住人が閉じ込められている、のであれば不思議ではなかった。

だが、あの教会の中には、主に男性が集められていた。

「各家の戸に板を打ち付けたのは、教会にいた人たちだと思います」

「同じ村人、家族を手にかけた、と申すか」

「いいえ、違います。彼らは家の中にいる人たちを守るために閉じ込めたんです」

閉じ込めた、というよりは……外から簡単に入ってこられないように、強化した。

普通は内側からだが、力仕事だし、材料の追加もできない。

一時的なものだからと、外側から戸を塞いだ。

「村の人間に信頼され、発言力があって、そうですね、とても演技力がある。たとえば、涙ながらに悲劇を訴えて人の心を動かせるだけの人心掌握術に長けた方が《村が盗賊に襲われるから、急いで守りを固めないと！　男の人は皆を守るために戦って！》とでも言えば、どうでしょう？」

「では、村人を騙して戸を封じ、女子供を家屋に閉じ込めたとしよう。その後はどうする？　教会に押し込めるのはどうやった？」

「井戸の水をお調べください。毒、もしくは幻覚症状の出る薬がまかれていると思います。学生が作る、回復薬の材料から作れるものでしょう」

男たちに、緊張を和らげるため、あるいは気遣いの一つとして、水を配って回ればいい。飲み、これからの戦いに緊迫した精神状態で、村中の家の戸を封じるために動いた体には薬がよくまわったことだろう。

「あとは恐ろしい幻覚を見せ、教会へ救いを求めに駆け出す。あるいは毒を飲んだと知らせ、解毒剤は教会の中にある、とでも言えばいいだけです」

これなら、あとは教会の扉を板で打ち付ければいい。これはそう重労働ではない。

薬草学に通じ、そして村人と親しい人間なら可能なこと。

この二つの条件は、ライラ・ヘルツィーカには一つしかクリアできない。

「生き残りの少年の発言はどう捉える。あの少年が生き延びたのは偶然だろう。しかし、銀髪の貴族の娘と、そう発言している」

「《その発言は、強制されたものや取引されたものではありませんか？》」

「私もその場にいたゆえに、他の何者かが関与し少年に持ちかけた、ということはない。少年は意識を取り戻し、こちらの質問にそのまま答えた」

私の推測だと、ドロシー嬢が村人たちを説得している。その少年もドロシー嬢を目撃していることになるので、少年がドロシー嬢のことを話さないのは不自然だ。

「《少年はドロシー嬢と共犯者である》というのは？」

「貴様が救わねば死した命であるぞ」

助けたから、余計な証言が増えているとでも言いたいのか。

鼻で笑われ、私は眉を顰める。

「でも、それなら私が自分に不利になる発言をする少年を助けたというのは矛盾が生じませんか？」

「矛盾するから己は犯人ではない、とするための自作自演と指摘されれば、どう逃げる」

あぁ言えばこう言う男はモテないぞ。

いや、まぁ、アレシュ・ウルラ閣下は顔が良いので、そのクッソ鬼畜で容赦ない性格でも女性は寄ってくるのかもしれない。Sっ気のある男性が良いっていう方もいるだろう。

私は嫌だ。初見で這い蹲っている女性を見下ろして悠々としていたり、這い蹲らせて腕を踏み砕くような男は嫌だ。

と、今はそんなことはどうでもいい。

「……そんなことを言ったら何も信じられませんが」

内心の不快を押し殺してそれだけ言うと、なぜかアレシュ・ウルラ閣下は声を上げて笑い出した。

「はは、はは。そうだ。何も信じるな。私は貴様の味方になどならぬし、貴様も私が味方になるに足る者、この件の加害者ではないなどとは信じるな」

……私は確かに、ドロシー嬢がこの件に悪意があって関わっている者であるという、前提……そうだ、偏見がある。ライラ・ヘルツィーカが悪役令嬢であるのなら、ドロシー嬢は主人公。

悪役令嬢が活躍する物語で、主人公が悪役令嬢の敵であるという、先入観の元、ドロシー嬢が私に罪を着せようとしていると、そう考えている。

「全ての人間が加害者である可能性を考え、その上で最も、自分に都合のよい加害者を決めよ」

ダリオン殿下が犯人だった場合。

お兄さまが犯人だった場合。

アレシュ・ウルラ閣下が犯人だった場合。

国王陛下、その他の、国中の誰もが容疑者であると、全て考えろということか？

そんな途方もないこと。

私はつい一昨日この世界に来たばかりで、人間関係の詳しいところを知らない。

困惑する私に、アレシュ・ウルラ閣下は私のいる牢の隅に置いてある箱を目で指した。

「貴様のところには、箱の中の小動物の生死を考える思考実験があるだろう。明日の朝、貴様をこの牢から出し、国王陛下の面前に連れて行ってやろう。そこで貴様の箱の中身を答えてみせよ」

そう言って、アレシュ・ウルラ閣下は立ち去る。

おい、私丸一日このままですか。

食べ物は？　排せつ道具は？

ないのか、そうか。

国王陛下の面前で《貴様が犯人だ！　第一王子！》とか指差してやろうか。

8章　私が、囚人ですか

　牢で出される食事といえば、やはり何を煮詰めたのかわからないほど濁ったドロドロのスープに、悪意があると感じるほど硬いパンなのだろうか。

　そう、警戒していたけれど、想像に反して出てきたのは、フランスパンを半分にしたくらいの長さのパンと、ハムとチーズとトマトのサラダ。それに葡萄酒まで出してくれたので、私は持ってきた人物に素直に感謝の言葉を伝えた。

「こんなに豪華な食事をありがとうございます、将軍閣下」

「嫌味か？」

　私の食事を持ってきてくれたのは、どういうわけか第一王子にして将軍職のアレシュ・ウルラ閣下。そういえば、牢番や見張りも見当たらない。もしかして私がここに閉じ込められているのは閣下の独断なのだろうか。

「嫌味？　いいえ、本心ですが」

　答えてから私は、公爵令嬢が口にするにしては、確かに粗末と言えなくもない、と気付く。

「この体は確かに公爵令嬢ですが、私は一般人ですし、目覚めてからすぐは病み上がりということで軽い食事。昨日も大怪我を負ったのでパン粥くらいしか食べられませんでした」

「今のは間違いなく嫌味であろう」

「はい」

私は牢の床に直接座り込み、立ったままこちらを見下ろしているアレシュ・ウルラ閣下に眉を顰めた。

もしや、私が食べ終えるまで待ってるのか？　いや、食器なんかは明日下げればいいだろう。将軍にして第一王子、暇なわけがない。

「何か聞きたいことでも？」

「なぜライラ・ヘルツィーカのフリをする？」

これは、誰が秘術を用いてライラ・ヘルツィーカの死体に第三者の魂を入れたのか、と探りに来ているのだろうか？

答えずにいると、アレシュ・ウルラ閣下はフン、と鼻を鳴らした。

「儀式魔術を行ったのはハヴェルだろう。王族でもない者で、異界との扉をこじ開けられる者などあ奴しかおるまい」

「そのハヴェルって人は、金髪の物凄く顔の整った方で、《ライラ・ヘルツィーカのお兄さまで間違いありませんか？》」

「疑っているのか？　安心せよ、あれは【ライラ・ヘルツィーカの実の兄】である」

あっさり肯定される。

疑って申し訳ない、お兄さま。しかし、例の儀式魔法は特別なものだったらしい。

「それで、先ほどの問いに答えよ」

「どうしてライラ・ヘルツィーカのフリをするのか、ですか」

「ハヴェルより、その現状を聞いておるのだろう。であれば、己が今後処刑される可能性が高いこと、評判が地に落ちていること、生き残ってもロクな未来などないことなど悟れよう」

「と、言いましても。この体に入ってるわけですし、契約的な感じでやらないといけない、みたいな？　いえ、強制力なんて感じませんけど、そうですね、えぇっと、えぇ。今の気持ちとしましては、私はこのままやれるところまでやろう、と思っています」

当初の予定と随分違うような気がしなくもないが、概ね自分に不満はない。

しかし、私の答えはアレシュ・ウルラ閣下には不十分だったようで、何か続けろという雰囲気を出される。

はっきりとした理由が欲しいのか。

確かに、ライラ・ヘルツィーカの名誉回復に対しての義理や、彼女として生きることのメリットなんかはない。

お兄さまは私を逃がさないだろうが、この口ぶりだと、アレシュ・ウルラ閣下は私がライラ・ヘルツィーカのフリをしなければ、どこぞなりとも逃がしてくれそうな気もする。

妙なことだが、私を散々痛めつけたクッソサディスト野郎であらせられるアレシュ・ウルラ閣下は、ライラ・ヘルツィーカという存在に固執しながらも、この牢に入ってからの私に対して、これまでなかった関心というものを見せ始めている。

「私は、ライラ・ヘルツィーカを尊敬しているんです」

「尊敬？　しかし、貴様にとってライラ・ヘルツィーカは、既に故人であろう。知り得ることは他人からの情報のみ。植え付けられた知識から人物像を捏造《ねつぞう》し妄信するのか」

「単純に、私……っていうか、この体って、めちゃくちゃ美人じゃないですか？」

ふざけているわけではないが、ふざけたことを抜かすな、とでもいうような顔をされた。しかし私は至極真面目である。

「この陶器のように白い肌!!　艶やかな銀髪!!　均等のとれたモデル並みの体!!　何これ女神の化身!?　っていうくらい、やばい美しさですよね？」

「……」

「女の美しさは、地がいかによかろうと、手入れや並々ならぬ苦労をしなければ維持できないもの。それを……公爵令嬢としての完璧な振る舞い！　生徒会長になれるだけの優秀さ！　全く関係ない私が体を使っても、条件反射で動いてくれる運動能力……!!　を、獲得しつつ、美しくある……私にはとても真似できません」

確かに私はライラ・ヘルツィーカと話したこともないけれど、私は彼女のことが好きになっていた。

彼女は努力家だ。

一生懸命努力して、自分が最も良いと思う姿になるために努力していた。

「お恥ずかしい話ですが、私とは真逆です。私は楽な方楽な方へと、いろんなことをサボったり言い訳したり、自分を甘やかしながら生きています。閣下は王族の方なのでご存知でしょう？　私は自分の世界に【飽きた】と無責任に投げ出して、自分の世界に何の意味もなく存在していたようなつまらない人間なのですよ」

多かれ少なかれ、世に生きる人間というのは努力をするものだ。

たとえば学生なら、定期試験で点数を取れるように学習する。だが私はしないタイプだ。それで普段の授業をちゃんと聞いていたかと言えば、眠ければ寝ている。ノートは取るが、別に読み直さない。成績は良くはなかったが、悪すぎもしなかった。

就職しても、たとえば資格を取得したり、空いた時間で何か自分の成長に繋がること、生産的なことをする者もいるだろう。しかし、それらは私にとっては面倒くさいことで、私は何かを新しく身に付けよう、という努力をしてこなかった。

そういうわけで、平々凡々というよりは人としてあまりに活力のない人間が自分という自覚もある。その上、自分がそういう人間であることに、別段危機感がなかった。そういうもので、自分という者はそうなのだろうと、諦めというか、望もうという気力がなかった。

もちろん、良いと思われる生き方を【良いものだ】とは思う。

たとえば当たり前に結婚して家庭を築く。面倒なこともあるだろうが、喜びもある。それはわかっているし、それが尊いものであると認識もしている。

そう向き合える人や、挑める人間を羨ましい、とも思う。けれど、自分がそうなろうという気だけは起きないのだ。

「だから、ライラ・ヘルツィーカを尊敬しますし、彼女の努力は報われるべきだ、と私は、私の無気力さがあるからこそ、強く思います」

「待て、それでは貴様は今のその体での時間を己の時間、とは考えぬのか」

「これはライラ・ヘルツィーカの人生ですよ」

おかしなことを言う。

私は彼女の名誉を回復するためにこの世界に呼ばれたし、今の私もそれを望んでいる。

「これが私の人生なら、自分のために炎の中を駆けずり回ったり、腕を潰した相手と談笑なんかしませんよ。面倒ください」

「ますますわからぬ。なぜそこまでする。なぜ他人のためにここまでする」

「ですから、彼女が好きだからですよ」

どう考えても、ここまで努力して立派に生きていたライラ・ヘルツィーカの人生が、汚辱にまみれたまま終わる、というのはおかしいだろう。

私は彼女が好きだし、こうして彼女として動けるのなら、その能力も使わせてもらえているのだし、彼女の名誉回復をしたい、と思うのは当然ではないのか。

「もういいですか？　お腹がすいているので食事をしたいのですが」

「……貴様の思考が理解できぬ」

「異世界人なので、こちらとは価値観が違うのかもしれませんね」

生まれや育った文化が違うのだし、アレシュ・ウルラ閣下が解せぬという顔をするのも仕方ない。

私は頂いたパンをフォークで刺しながら上下半分に割る。そこにドレッシングのついたサラダを載せ、トマトやハムを挟む。そしてフォークにチーズの塊を刺して、アレシュ・ウルラ閣下に差し出す。

「その机の燭台《しょくだい》の火で、このチーズを炙ってください」

「……なぜ私がそのような真似をすると思うのだ」

いえ、言ってみただけです。駄目か、そうか。駄目なのか。

焼いたチーズも挟んでサンドイッチにしたかった。

私は仕方なく、フォークでチーズを割って、手頃な間隔でサンドイッチに挟んでいく。

さすが王族が持ってきてくれた食事だけあるね!! メニューは質素だけど、素材がいいから美味しい!!

シャキシャキと瑞々しいレタスっぽい野菜は、地球産のレタスから出る水分と違い、蜂蜜のような味がする。

そしてトマトっぽい何かはフレッシュなものなのに、焼いて出した甘さに近い。チーズは抜群の塩気があって、レタスとトマトの甘さを引き立ててくれている。

使われているドレッシングは、オリーブオイルとレモン汁で乳化させたものだろうか?

酸っぱさの中にまろやかなコクがあり、つぶつぶとした食感……マスタードの粒に似ているが、味はまるで違う。なんだろう、これ。

「……異世界に来たのに、いまだに異世界料理が食べられていない、ということは、とても悲しいことです」

「……」

「独り言です。その、呆れるような顔で、私への評価がどんどん下がっていくのを表すのを止めていただけませんか」

「己を無気力な人間と言うておきながら、食欲はあるのか」

「一番簡単な娯楽の欲求を満たす方法ですからね。私のような人間でも、食べることの楽しみくらいは知ってますよ」

人生がつまらなかろうが、自分が無価値でつまらぬ人間だと思おうが、それでもごはんは美味しい。

「あぁ、そうですね。この、ライラ・ヘルツィーカの人生を良いものに……傷付けられた彼女の名誉を回復できたら、お兄さまにご褒美として、公爵家の全力の御馳走でも食べさせていただけたら、いいですね」

貴族の食事なんて、私にはまず縁がない。

ちょっと奮発して、銀座の三ツ星レストランでディナー、もできなくはないが、確実にあるドレスコードをクリアする気がなく、地球での私の贅沢は、回転ずしで皿の絵柄を気にせずに食べることとか、一人でLサイズのピザを取ることとか、そういうささやかなものだった。

もしや……この体なら、テーブルマナーとかも、自然にできるだろうし……気を張らずに食事ができていいのでは？

ありがとうライラ・ヘルツィーカ、本当大好き！

などと、彼女が知ったら微妙な顔をしそうなことに心から感謝し、私は無言のまま額を抑えているアレシュ・ウルラ閣下に「頭痛ですか？　育ちの良い閣下がこんな地下牢みたいなところにいるからですよ」と、暗に、はよ帰れ、と含ませながら言うと、閣下に憐れむような視線を向けられる。

「其方は、正真正銘の大馬鹿者であるな」

おや、呼び方が貴様から其方に変更だ。

貶されたことよりも、そちらの方に驚いて目をぱちり、とやると、一度閣下も目を伏せて、そして、次に開いた時は、当初の通り、私をライラ・ヘルツィーカと認識した、嫌悪感のある目をする。

そして、そのままそれ以上は何も言わずに、来た時と同じくカツカツと出ていくその後ろ姿。見送って、私はパクリパクリ、とサンドイッチを食べながら、なるほど、これが最初で最後のチャンスだったのか、と合点が行く。

ただの利用された気の毒な異界の小娘として振る舞えば、閣下は私を助けてくれた。王族なら例の秘術を使える、ということを考えると、私を元の世界に戻してくれたのかもしれない。

先ほどまではただの予想だったことが、なんとなく確信めいたものになったけれど、しかし、まぁ、それはもうどうでもいいことだ。

そして、食べたお皿を格子の向こうに押し込んで、お腹がいっぱいになったのでひと眠りしようかと、ごろん、と横になって目を閉じる。

どれくらい経ったろうか。

眠っていて、口から涎が出てる、と意識した私は、扉の向こうに人の気配を感じた。

「ライラ……、ライラ。無事か！」

人目をはばかるような、こそこそとした声。しかし、こちらに届くように、と調整された声は、聞き覚えがあるものだ。

「ダリオン殿下……？」

王妃様の宮に隔離されているはずの、私の体の元婚約者殿がガチャガチャと扉の鍵を開けて
そっと、牢に忍び込んできた。

「君を助けに来た。ここを出るぞ」

9章　私が、従者です

「俺はずっと、君の孤独から目を背けていた。だが、そんな俺を見捨てずに、君は俺を正そうとしてくれた。今度は、俺が君を助けたい、ライラ」

このままでは処刑されるだけだ、とそう案じてくれるダリオン殿下は、どうやって手に入れたのか、鍵をガチャガチャと鳴らして格子の扉を開けてくれる。

「え、あ、はぁ」

対して、私は『誰だお前』という気持ちだ。

昨日の朝っぱらから人を盗人呼ばわりして非難して、村でも茫然とする情けなさ、状況把握よりドロシー嬢の身を心配して名を叫んだその姿を私はよく覚えている。

「ダリオン殿下は王妃様の宮で謹慎されているはずではありませんか？」

「母上には事情を話してきた」

「……何て説得したんです。というか、納得してくださったんですか？」

「母上は聡明な方だ」

……大丈夫か？　これ。

ダリオン殿下は肩から下げている鞄の中から、王子の従者の衣裳を取り出し渡してきた。これを着ろ、ということだろう。

「殿下とライラ・ヘルツィーカの間にあった婚約は解消されましたのよ。殿下がわたくしに関わる必要はございません。わたくしのことはわたくし自身でなんとでもいたします。殿下はご自分のお立場をお考えになってくださいませ」

「俺に二度も君を裏切れ、というのか」

ドロシー嬢に心魅かれたことか。それを婚約者であったライラへの裏切り、と自覚したのは良いことだ。

確かに、ライラ・ヘルツィーカは実家から見放されている。お兄さまは私を直接手助けはしてくださらないだろう。

となれば、ここで明日の朝を待って、アレシュ・ウルラ閣下の言う通り国王陛下の面前で己の無実を叫ぶより、ダリオン殿下と逃げて一日でも長く生きる方が、後々の私には有利……なのか？

「ここから出れば、俺の私邸で匿うこともできる。そこなら兄上も手出しはできないからな。ひとまずは安全だ。そこから、機会を見て国外へ亡命できるよう取り計ろう」

考え悩みながら、私は従者の服に着替えようとするが、片腕が潰れているので、自分で上手くは着替えられない。

　すると、見かねたのか、元々そういうつもりだったのか、ダリオン殿下は青いガラスの小瓶を取り出して、私に差し出してくる。

「飲め」

「なんです、これ」

「そんなことも忘れたのか？　これは最高級の回復薬だぞ」

　青いガラスに入ったものは、神の滴《しずく》と呼ばれ、聖王国の大神官が祝福した奇跡の一歩手前まで起こせる代物だ、と説明してくれる。

「いいのですか？　こんなに貴重なものをわたくしになど……」

「俺が必要だと判断したから持ってきたんだ。いいから飲め」

　言われるままにぐいっとやると、熱が出ていた体が、ミントのクリームでも塗ったようにスッとする。そして潰れてプラン、となっていた、紫に変色した私の腕が、キラキラと光の粒子に包まれたかと思うと、瞬きを数度する間に治ってしまった。

「ありがとうございます、殿下」

「兄上と一緒にいた時に助けてやれず、すまなかった」

　王太子と言えど、これだけのものがそう気軽に手に入るわけがない。

本気で、私を助けようとしてくれているのかと、そう思えてくる。

私は従者の服に手早く着替え、そして殿下に短い刃の剣を借りると、自分の髪をざっくりと切り落とす。

「な、なにをしている！！？」

「従者の変装をするのでしたら、この長い髪は目立ちすぎます」

ここまで美しく手入れをしていたライラ・ヘルツィーカには申し訳ないが、髪よりも名誉回復を優先する。

ざっくばらんにザクザク、と適当に短く切っていく私を、ダリオン殿下は信じられないものを見るような目で見ている。

「髪は女の命だと聞いているが」

「女の命よりも大事なものもありますわ」

髪は伸びるじゃないか、と心の中で付けたし、あれ？　死体って髪が伸びたりするんだろうか？　しなかったらごめん、と謝る。

牢の外は、嘘のように人がいなかった。

拘留所のようなところだと思っていたし、来た時には働く人が大勢いたのだから、これは妙だけれど、ダリオン殿下は「人払いをした」と、事も無げ言う。

「俺は王太子だ。兄上の命を受けた者であっても、俺の命を蔑《ないがし》ろにはできない」

それはそうだが、こんなことをしては、その王太子という立場を追われることにならないか。

何の問題もなく、ダリオン殿下の用意した馬車に乗り込んで、その馬車の御者が私の顔を見てぺこり、と頭を下げた。

私も彼を知っているので、目を軽く伏せてそれに応じる。ドロシー嬢の村に行くときの御者さんだ。

……うん？

何か、引っかかった。

あの時、村に行く途中で何か、妙なことがなかっただろうか？

ダリオン殿下と馬車の中で話をした。

ライラ・ヘルツィーカのことや、彼女を殿下がどう思っていたのかと、それを聞くことができて、それに不思議なものは何もなかった。

だが、いや、あの時……そうだ、なぜ、あんなことが言えたのだろう？

「……どうかしたのか？」

「殿下、逃げるのはまた次の機会に。行き先を変更してくださいませ」

「……何を言っている？」

「わたくし、すっかり何もかもわかってしまいましたのよ」

私は殿下と向かい合う。

「わかった、というのは？」

「学園の門の鍵を盗んだ犯人ですの」

「何か思い出したのか？」

「いいえ、生憎と記憶喪失のライラ・ヘルツィーカのままですが……ですが、私が盗んでいない、という記憶なんかなくても構わないんです」

私は御者の人に行き先を告げ、馬車を出してもらう。

その行き先は殿下の耳にも聞こえていたようで、なぜ今更そこへ向かうのか、と眉を顰めてこちらを見てきた。

「学園へ向かいます」

「なぜだ？　確かに……あそこは国王の認めた騎士以外……軍事力が介入してはならない場所だが……長くは隠れられんぞ」

「隠れる必要なんかありませんわ。真犯人を差し出せば、わたくしにかけられた疑いは晴れますもの」

「鍵を盗み出したのは自分ではないと、記憶もないのに確信があるのか？　だが、鍵を盗み出せる生徒は君だけだ。決められた者の魔力にのみ反応するようにと、そう魔術式で作られている。この魔術大国である我が国の最高位の魔術だぞ。他国や、他の生徒が解除できるわけがない」

なので、《鍵を盗んだのはライラ・ヘルツィーカ》であると、そう言われていた。

確かに【ライラ・ヘルツィーカは鍵を持ち出せる人間である】のは間違いない。だが、ライラ・ヘルツィーカだけではないではないか。

「もう一人、いらっしゃいますわ。鍵を手にできるのは生徒会長と学園長、そう殿下もおっしゃってくださったじゃありませんか」

「学園長が……!?　しかし、学園長は長く王宮に仕えた学士で、父上の信頼も厚い方だぞ……!!」

「公爵令嬢にして王太子殿下の婚約者が裏切る、というのも信じられないことじゃありませんか」

なまじ未成年であるライラ・ヘルツィーカより、長く国に仕えて様々な事情を把握している学園長の方が、鍵を盗み出し《国を裏切る理由がある》ように思える。

思いがけない人物の名前を私が出した、と殿下は黙ってしまった。

口元に手を当て、何か考えるようにしている。

私は自分の頭の中にある予想が、おそらくは正しいのだろうと、妙に冷静に感じながら馬車に揺られる。

やがて馬車は学園に到着し、私たちは無言で学園長の部屋へ向かう。

私の変装は中々にうまくいったのか、それとも授業中で人とすれ違うことがあまりなかったからか、怪しまれることなく進めた。

殿下が謹慎中と知っている貴族もいるらしく、時折殿下を見て驚く生徒もいたけれど、王宮の宮に隔離されていても、学業だけは例外にされたのかもしれないと、そう考えついた顔をした。

歩きながら私は考える。

これでいいのだろうか。

学園の鍵を盗み出したのは学園長だ。

そして、それを手にして国境沿いまで向かったのは、学園長から鍵を受け取ったドロシー嬢だろう。

ライラ・ヘルツィーカは鍵の管理者の一人として、門の鍵が持ち出されたことを知った。それで、ドロシー嬢を追いかけ……そう、逆だったのだろう。

ライラ・ヘルツィーカが持ち出したのをドロシー嬢が見つけて阻止した、のではなく、ドロシーが他国へ流そうとしているのを、ライラ・ヘルツィーカが止めた。

ではなぜ、ライラ・ヘルツィーカはその事実を口にしなかったのか？

「学園長、失礼します。ダリオンです」

辿り着いた立派な扉は、学園長室のものだった。ダリオン殿下がノックを三度すると、中から入室を許可する老人の声が聞こえる。

入ると、机を背にして立っている白いひげの老人が私を見て小さく笑った。

「随分と大胆なことをなさいましたな、ヘルツィーカ。あなたはその長い髪が自慢だったのでは？」

変装は無駄、ということらしい。

私は学園長に挨拶をし、さっそく本題に入る。

「《門の鍵を持ち出したのは、学園長ですね》」

「【あぁ、私だ。私が持ち出し、そしてあの哀れなドロシーに託した】」

肯定される。

反論する気が最初からなかった、というほどあっさりとした問答だった。私は拍子抜けして、じっと目の前の老人を見つめる。

「逃げたり、抵抗したりなさらないんですか？」

魔術学園の長、ということは、魔術師としての実力もある方なのだろう。そういう方であれば、私たちが来ることが予想できていたのなら……逃げたり、またはもっと上手く……私に罪を擦り付けられたはずだ。

問いかけると、学園長はその深い皺だらけの顔に優しい笑みを浮かべた。

御伽噺《おとぎばなし》に出てくる魔法使いのような、こんなに優しく笑う人が、なぜこんなことを？　と不思議に思う。

「殿下がこちらにいらした、ということは、もはや私の運命は決まっておりますのでな」

「その通りだ。やれ、グルド」

扉の前に立っていたダリオン殿下が、冷たく言い放つ。

「ッ！！！」

突然、学園長……グルド老が、私に向かって短剣を振り上げてきた。

悪魔のように歪んだ、必死の形相。こちらへのはっきりとした殺意がある。先ほどまでの優しい笑顔は微塵も感じられない、恐ろしい表情を私に向けた。

私は反射的に体を動かし、グルド老の老いた軽い体を突き飛ばす。老人は分厚い魔術書が飾られたガラス棚に体を大きく打ち付け、そして、そのまま短剣で自分の胸を突き刺した。

「！！！？　何を……！！！」

私は慌ててグルド老に駆け寄り、止血を試みるが、駆け寄るまでグルド老は何度も何度も、深く自分の胸を刺し、その傷口はぐちゃぐちゃで、何度も引き抜かれた箇所から血が溢れ出てきていた。

「殿下、お約束は……たがえずに」

なぜ私は魔法が使えないんだろう!?

ライラ・ヘルツィーカなら……!! ここにいるのが、完璧な公爵令嬢にして生徒会長である、優秀なライラ・ヘルツィーカなら……!!! 魔術や、その他……私にはできないことをして、学園長を助けられたかもしれないのに!!

私は出血部分を強く圧迫し、心臓マッサージを始める。

詳しい知識なんかない。勉強しておけばよかった。だが、今はうろ覚えでも、やらなければ、グルド老は死ぬ。

光を失いつつある老人の目が私を写す。

何か言いたげな、しかし口から洩れるのは血ばかりで、言葉にならない。必死な私を嗤っているのか、いや、違う。

学園長の目は優しかった。

仕方のない子を見るような、教師の目だった。

「誰か!!　誰かいないのか！　学園長が！　学園長が、殺された!!　誰か来てくれ!!　ライラ・ヘルツィーカが、裏切り女がここにいる!!」

その瞳の意味を探る余裕もなく、私はダリオン殿下の叫びに駆け付けた騎士たちにより、その身を拘束された。

10章　私が、公爵令嬢です

二人の騎士に両肩を押さえ付けられ、額を床に強く打ち付ける。短く切った不揃いの髪が目に入り、私を罵倒する声を聞きながら、だらりと垂れる血の生暖かさを妙にはっきりと感じた。

《あぁ裏切り女め》
《恩知らずの傲慢娘》
《おぞましい悪魔》
《よくもよくも、我らが王太子殿下を人質に》
《お可哀想な王子様》
《お可哀想なお妃様》
《お可愛そうな学園長》

「「「魔女め、悪魔め、酷い女め」」」

罵られ、何度も何度も打ち付けられる。

私は受け身も何も取れないまま、騎士達に保護されるダリオン殿下を薄目で見た。

慌ただしくやってきた騎士たちが寄ってたかって私を害する。それを見ている赤い髪の王太子殿下の瞳には、はっきりと自分が勝利者であるという確信が浮かんでいた。

なるほどそうか。

この光景は私の、ライラ・ヘルツィーカの体に覚えがある。

おそらくは一週間と少し前、学園にて婚約解消を言い渡された彼女の体の記憶だろう。あの時はこのように騎士たちではなく、学園の男子生徒が、今と同じようにライラ・ヘルツィーカを断罪した。

今度こそおしまいだ、とダリオン殿下の勝ち誇る目はそう笑っている。

本当にそうだろうか？

私はまだ指摘していない事実があり、状況が私を破滅させようと、私の心に恐怖はなかった。

たとえばこれが、御伽噺か何かなら、こんな……お姫様の危機に王子様が颯爽と現れて、もう何も心配はないのだと、あとは全て任せろと請け負ってくれるだろう。

しかしライラ・ヘルツィーカは、王子様のいるお姫様ではなかった。

私もライラ・ヘルツィーカのように優秀な人間ではないし、魔法も使えないけれど、それでもこのライラ・ヘルツィーカの体を使い、彼女の名誉のためにまだ戦うことはできる。

「放しなさい」

何度も何度も打ち付けられて、痛みで頭がすっきりとしてきた。

自分でもこんなに傲慢な声が出せるのかと驚くほど、低く威圧的な声を放ち、騎士たちを睨み付ける。

私の声は、興奮状態にあった室内にぴしゃりと響き、騎士たちの狼狽が見て取れる。

ふらふらと足に力が入らないが、それでも立ち上がる。

周囲を見渡し、何も言わずにじっと、待った。

私が命令せずとも、お前たちは頭を下げろ、とそう青い瞳で強く訴えると、甲冑を着た騎士たちの小さなうめき声が方々から上がる。

「学園長の治療も試みず、なんの真似です？　これは」

出血多量、ショック死など原因は様々だろうが、私が服用した回復薬のような奇跡一歩手前の手段がこの世界にあるのなら、魔術を用いての治療法がある世界なら、私の身を拘束するよりも先にするべきなのは、血の中で虫の息だった学園長の応急処置だろう。

それなのに寄ってたかって私を殴る蹴る、という単純労働をするばかりで、血まみれの学園長は放って置かれた。

部屋の隅には誰にも構われることなく、動かなくなった老人の体がある。

「何をしている、早くその女を捕えろ！」

「ダリオン殿下、わたくしを犯人に仕立て上げようとなさるそのご様子は必死で大変勇ましいのですが、ちょっとよろしいでしょうか？」

王太子の激に再び騎士が動こうとするのを、私はちらりと視線を投げて制する。

「【王妃様の宮で謹慎されているはずのダリオン殿下がこちらにいる】理由はどう説明なさるおつもりです？」

「白々しい！《貴様が俺を脅してここまで案内させた》のだ！」

「【そんなことは不可能ですわ】」

《アレシュ・ウルラ閣下から聞いた情報を全て肯定する》とすれば、私はこの状況でも多くの疑惑を投げかけ、ライラ・ヘルツィーカが全ての行いの犯人であるという《容疑》を【否定】することができる。

「《監視と警備の厳しい王妃様の宮にわたくしが単身で乗り込んで？》《大事に大事に隔離されているであろう、王太子殿下をかどわかす？》《学園でわたくしがダリオン殿下を拉致し国境沿いまで向かった、という前科があるにもかかわらず？》《そのようなことがたやすく行えるほど、王宮は警備が甘く、また王太子殿下の身分は軽く扱われるものなのですか？》」

「《貴様にならできる》だろう。《公爵令嬢という身分を使い、その高い魔力を使い、常人では行えない手段を使って俺を攫った》んだ」

「では、その時の状況をよく説明してくださいませ。いつどこで、どうしていた時に、わたくしがどのように殿下を攫ったのか、さぁ説明してくださいませ、今ここで」

「なぜ今ここで発言しなければならない。全ては法廷ではっきりと証言するべきだ」

「いいえ、駄目です。えぇ、駄目です。今現在、このわたくし、ライラ・ヘルツィーカの名誉は悉く侮辱されておりますので、えぇ、わたくしはわたくしの名誉を守らねばなりません」

できるだけここで、私は多くの疑惑の種子をばらまいておかねばならない。

《王太子の言動はおかしい》

《ライラ・ヘルツィーカがここにいるのはおかしい》

そのように、この場にいる、それぞれが名門貴族の出であり学園の騎士の任を受ける優秀な騎士たちに、知らしめなければならない。

時間が経てば経つほど、ダリオン殿下は自分に有利なように証言や証拠を作り出すだろう。

「今もそうですわ。学園長がわたくしに殺された、というのなら、ダリオン殿下が無傷なのはなぜでしょう？　わたくしが学園長を害するのをただ黙って見ていた？　拘束された跡がありますか？　この学園長室へ来るまでに数人の生徒に目撃されておりますけれど、殿下はわたくしの前を堂々と歩かれておりましたわよね？　わたくしがいかに巨大な魔力を持っていようと、このように屈強で優秀な騎士の方々には勝てないのに？　彼らに暗に知らせることもせずにいた殿下は、どれだけ無能なのですか？」

「うるさいうるさい！　この無礼な女を捕えろ!!　早く！　何をしている!!」

顔を真っ赤にした王太子の再三の命令に、戸惑いながらも騎士たちは動き、私に手を伸ばしてくる。

しかし、興奮状態にあり取り乱した王子と、冷静な公爵令嬢のどちらの証言が真実味があるか、悟れないほど愚かではない彼らに勢いはない。

「わたくしはライラ・ヘルツィーカ。この身への無礼は必ず報いを受けると覚悟なさい」

「臆するな！　ヘルツィーカ公爵が娘を庇うことはない！」

「わたくしの自尊心にかけて、どんなことがあろうと必ず報復すると、矜持《きょうじ》の話をしているのです」

地に落ちようと貴族は誇り高いと、そう周囲に思わせる。

公爵令嬢は本当に有罪なのだろうかと、彼らの目に疑惑が浮かんでくるのがわかった。

ライラ・ヘルツィーカの誇り高さ。そして、これまでの優秀な振る舞い。王太子の婚約者として歩んだ道の何もかも、貴族の生まれの騎士たちは知っている。いずれ己らが守るべき対象であったのだから、その関心ゆえに知識は多かっただろう。

しかし、次はどうしても私は連行される。どのような疑惑があれど、ひとまずはこの場の重要参考人ということで、ダリオン殿下と共に連行される、というのは仕方ない。

どう自分から言い出すか、と考えていると、軽装の騎士、伝令専門の小柄な青年が部屋の中に駆け込んできた。

「火急の事態にございます‼　騎士の皆さま方……お、王太子殿下⁉　こちらにおられたのですか⁉」

「何事だ！」

「っは！　火急の事態にございます！　王宮にて武力政変が……‼」

ダリオン殿下の存在に慌てて居住まいを正しながら、伝令兵は叫んだ。

「第一王子アレシュ・ウルラ殿下による王位簒奪《さんだつ》が行われました‼」

おい、何やってらっしゃるんでいやがりますか、あの野郎。

告解・魔術師ハヴェル

それでは妹の、話をしよう。


八日前、屋敷に死体が投げ込まれた、あの子の話だ。

あれは無残なものだった。

髪を掴んで引き摺られたのか、頭皮から剥がれかかった長い銀髪はあの子自身の血で汚れ、白かった肌は無事なところを見つけるのが難しいくらい、殴られ蹴られ鬱血《うっけつ》した、痣だらけ。

人に傲慢だと誤解を受けがちだった釣り目は潰れて元の形がわからなくなっていて、それでもそれが、正真正銘、私の妹ライラ・ヘルツィーカのものだとはっきりわかってしまったのは、家族だからと、そんな、今更そんな繋がりを意識した。

私は、ハヴェル・ヘルツィーカは、王族を除いては国で最も魔力のある魔術使いだ。

王族を除く、とは言うものの、それは建前で、同じ年の第一王子がかろうじて私と同じくらいの魔力量の持ち主であるくらいで、老いた国王や、その妃はとっくに追い抜いているし、第二王子など、そもそも私の半分もない有様だった。

その、とても強い魔術使いであるから、私は幼い頃から、国を守るために生まれてきたのだと、そう言い聞かされてきた。

国のために毎朝毎晩、魔力を使う。

この国は魔術大国。

魔術で成長し、魔術でもって大成した国だ。

国土の全て、隅々にまで魔力が行き渡り、農作物は良く実る。

悪しき気は浄化され、凶暴化する獣もいない。

私が六つの時からの使命は、毎日王宮の地下にて国土に魔力を流し込み、強い結界を維持し続けることだった。

私の妹、ライラ・ヘルツィーカの使命は、王家に嫁ぐことだった。

生まれた時からそうと決まっていた。いや、生まれる前からだ。彼女の母が身籠る前。正確には、私ハヴェル・ヘルツィーカが【有能である】と認められた時。

私を産んだ人は、私を産んだ時の難産で、次の子が見込めなくなった。だが、公爵には娘が必要だった。だから妹の母親となる女性が嫁ぎ、しばらくして身籠った。

私は大きくなるその女性の腹を日々眺めながら、不気味な思いがしていた。

あの腹の中にいる生き物が、私をますます、がんじがらめにするのだと思った。

稀有《けう》な魔術使いを、王族には迎え入れぬまま首輪をつけるためだけに、あの腹は膨らませられ、私はそこから生まれたものを愛さなければならないらしかった。

妹は無事に生まれた。

両親から最高の教育と最高の品々を贈られ、利発な少女にあっという間に成長した。

私は父から、妹を何よりも慈《いつく》しむようにとそう命じられた。

国を思う心以上に、妹を案じ、大切にしろと。

幼い私は、なぜ国への愛国心、王族への忠誠心よりも、半分しか血の繋がらない妹への情を強く持たせようとするのかわからなかったが、父がそう望むのであればと、私は妹を表面上はとてもよく可愛がった。

妹は、ライラ・ヘルツィーカは大人しい子だった。

八歳の頃には、いつも何か怯えているような目で私を見上げ、何か言いたそうにしながらも何も言わず、私が微笑みながら膝を折り「どうかしたのかい」と、自分が考え付く限り最も良い兄の顔で尋ねると、その青い瞳を恐怖に凍らせた。

私のことを恐れているらしかった。

なるほど、私はとてもとても強い魔術使いだから、怖いのだろう。

妹は私に心を開かなかった。

私は妹を大切に思うことが自分の役目であったので、妹が私を恐れていようが、大切な家族だと愛した。怯える妹の頭を撫で、微笑み、あやしてやった。そうすると妹は悲鳴を上げて泣きじゃくるのだけれど、それでも私は、止めなかった。

妹の婚約者は第二王子に決まった。第一王子とは歳が離れているし、同じ歳の第二王子の方がよいだろうということだったが、本当のところは、正妃の息子である第二王子の婚約者が妹になることで、第二王子が王太子となることが確定した。

現国王は戦に明け暮れる種の王で、内政にはそれほど関心がない。それゆえ、国には優秀な政治家が多くいた。

必要なのは有能な王より、御しやすい王。そして、国土を一人で覆えるほどの魔力を持った魔術使いだったと、それだけのことだった。

健気なことに、妹は王太子妃になるための努力を惜しまなかった。

私は天才だったので、努力せずとも古《いにしえ》の大魔術の一つや二つは簡単に使えたけれど、妹はそうではなかったから、火の魔術に失敗して火傷をしたり、魔術のコントロールが上手くいかなくて家庭教師に叱られたり、試験の結果が良くなくて鞭で打たれたり、そういうことばかりだった。

私は妹を大事にしている良い兄だったので、彼女に自ら魔術の師を買って出た。上級魔法もロクに使えない家庭教師に教わるよりは、優しくて強いお兄さまに教わる方がずっといいし楽しいよ、と提案すると、妹は怯えながら断った。そして、あの兄に教わるようなことにならないようにと、そこからさらに死にもの狂いで努力をしていた。

そういう可愛い妹だった。

王都の魔術学園に入学し、妹は優秀な成績を修め、国王からもお褒めのお言葉を何度もいただいていた。

その頃から、あまり良くない噂が私の耳にも入ってくる。

妹の夫に選ばれた未来の国王、王太子がなんぞ妙なことを考えていると、そういう話。

素直に、きっとあの王太子は馬鹿なのだ、と判じた。

どこぞの平民娘をたぶらかし、小賢しい顔で何を企んでいるのかと少し調べれば、全くもってらちもないことを、己は賢いのだと言う顔で考えて、行おうというらしい。

それが哀れなほどに稚拙で、こんな愚か者を私は王に戴くのかと、一種の喜劇じみた面白ささえ感じていた頃、学園の門の鍵を、私の可愛い妹が盗み出したという噂が流れた。

他国へ流れるところを未遂に終わった。

それが、王太子の婚約者。なんという醜聞か、とひそやかに囁かれたけれど、その程度で妹の、【私の妹】という事実と価値は揺るがない。第一、門の鍵の一つや二つ、流出したところで何なのか。あれは、扱えるほど高い魔力の持ち主、最低でも第一王子くらいの魔力がなければ悪用もできないし、なんなら、私が複製をいつでも作れる。妹は学園を追われることも、王太子の婚約者の椅子から追い出されることもなく、そのまま一か月が経った。

その日は、あの馬鹿王子が妹を【糾弾する】と前もって知っていた。だから、私は妹がそれをどう乗り切るつもりなのかと、一寸興味が湧いた。

敏い妹が、馬鹿王子の暗躍を気付かないわけがない。それで、その日は朝、妹の使っていた寮を訪ね、私は妹に手を差し伸べた。

「これから君は酷い目に遭うようだ。君の味方は誰もいない。味方は必要だろう？」

しかし、妹はいつもの怯えたフリを止めて、はっきりと言った。

「下に何もないのに、被り続けるその仮面にいつも怯えていましたけれど、今日やっと少しだけ、お兄さまを人間として見れました」

そう、奇妙なことを言った。

そして妹は、私の手を取らず、その晩、公爵家に、無残になった彼女の死体が投げ込まれた。

私は泣き叫ぶ使用人たち、妹の死を知る全ての使用人に忘却の魔術をかけ、妹の死体を引き取った。

一つずつ、一つずつ、その傷を治した。

無事なところなど一つもなかった。その日の昼に、妹が学園の中庭で王太子から婚約解消を突きつけられ、当人がそれを承諾したことは知っていた。けれど、その後のことは知らなかった。

一つずつ、一つずつ、傷を治す。

少しずつ、妹の顔が元の美しい白さを、丸みを取り戻してきた。折れ曲がった腕、抉《えぐ》られた腹、それらを何日も何日もかけて治した。

その間、王宮からの使い、父からの怒号があったが、土地が腐ろうと、魔力を込めに王宮へ行く気はなかった。

一週間かけて、妹の体を元に戻した。

死体であるから時間がかかった。生命が残っているものであれば、これほど時間はかからなかった。

妹の横たわる顔を眺めながら、私はぼんやりと考える。

誰が妹を殺したのだろう。

いや、それは王太子に決まっている。

妹を侮辱し、乱暴し、こんな目に遭わせたのは、あの第二王子に決まっている。

だが何があったのか。

それがわからなかった。

なぜこんな目に、遭わねばならなかった？

誰が、妹をこんな目に遭わせたのだ。

妹の死体を前にして、私がこれまで被っていたハヴェル・ヘルツィーカの仮面、人に望まれるままの姿を演じていた貴族の長男の仮面が、パラパラと崩れ落ちた。

その下には何もない。

私は何も感じないつまらない人間であったから、仮面を被って、そう、自分は仮面を被っていて、本心はどこかにあるのだ、とそう演じることで、この下ののっぺりとした本性を隠していた。

けれどそれが暴かれて、今、その白い下地はどす黒く塗りたくられる。

あぁ、私だ！

私だ！

私が、妹をこんな目に遭わせたのだ!!

塗りたくられる黒は私に激しい後悔を教えた。隙間なく塗りつぶされる間に、私に強い憎悪を教えた。

私は知っていたのに。

妹が私のために未来を決められ、私の無関心により酷い目に遭うとわかっていたのに！

誰がライラ・ヘルツィーカを殺したのか？

私だ！

私が！　私の無関心が彼女を殺した!!

やっと自覚した。

私は妹を愛していた。

愛さなければならないから愛したのではない。

心から愛せないからこそ、愛したのだ。

怯えたように私を見上げ、距離を置こうとする演技をし続けた妹を、私は知っていた。

彼女が本当は私をこれっぽっちも恐れず、むしろいつもどこか、願うような目で見ていたことを知っていた。

私は妹を愛していた。

妹の血で汚れた寝台の、シーツを握りしめながら、私は唇が噛みきれるほど強く、歯を食いしばる。

「もう一度、君を呼ぼう。ここではない、どこかにいる、君の魂をここへ呼ぼう。君の名誉を取り戻し、君の人生に幸福を、今度こそ」

11章　私が、共犯者です

　武力行為による政変、王位簒奪、つまりはクーデターなんてものは、あまりにも乱暴だ。

　あの冷静冷酷な第一王子、アレシュ・ウルラ将軍閣下がなぜそんなことを？　と、思うのは私だけではないようで、騎士団の面々は混乱し切っていた。

　それに、クーデターを起こした張本人から、「第二王子と、共にいる公爵令嬢を連れて来い」との命が伝令より下され、正統なる王太子殿下をお守りし逃げるべきか、それとも新王を認めるべきかと、判断が付きかねている。

　これが、どこぞの外敵による侵略や、民衆の革命などであったのなら、騎士たちは、王家を守る、王族であり王位継承者のダリオン殿下をお守りするぞ！　と即座に団結したかもしれない。しかし、血まみれの学園長室にて、取り乱し興奮状態の……疑惑の第二王子と、これまで国に尽くしてきて騎士たちの常の人望も厚い評判の第一王子では、もしやこの政変は正当性のあるものなのではないか、と、このタイミングだからこそ、学園の騎士たちは迷った。

「兄上が、アレシュ・ウルラが謀反を起こしたというのか……？　馬鹿な……！　そんなことはあり得ない！」

「し、しかし、殿下……」

「あり得るものか！　そんなことは絶対にできるわけがない！」

伝令の言うことを信じようとせず、ダリオン殿下は頭を振る。

兄を信じている、というにはその口調に、肉親に裏切られたことへのショックは見られない。

自分と血のつながった兄が、クーデターを起こすわけがない、という信頼より、そんなものよりもっとはっきりとした、現実的な確信、あるいは何か、アレシュ・ウルラ閣下が行動できないようにあらかじめ手を打っていた、と言わんばかりの態度だ。

「お、おそれながら……王太子殿下に、兄君……新王より、ご伝言を賜っております」

「伝言……？」

「っは、そ、その……『貴様らが人質にしていた我が母は希代の魔術師の保護を受けておる。大人しくその首を我が前に差し出せ』……と」

「って、人質にしてたんかい」

私は思わず突っ込みを入れてしまう。

なるほど。身分が高くはなかったアレシュ・ウルラ閣下のお母上は、これまでダリオン殿下、あるいはその母、王妃様に命を握られていたのだろう。それで、本来であればご長男にして、有能なアレシュ・ウルラ第一王子が、王子という身でありながら戦場を褥《しとね》にする将軍職に就いているわけか。後宮問題とかでよくある話、ではある。

「なるほど、わかりました。それでは、ダリオン殿下、参りましょうか」

「この状況で、貴様は何を言っている……」

がっくりと膝をつくダリオン殿下の肩をそっと叩き、私は微笑みかけた。

「ですから、馬車の中で申し上げたじゃありませんか。わたくし、もうすっかり何もかもわかってしまいましたのよ、って」

「……門の鍵を盗んだ犯人が学園長である、ということをだろう？」

「そんなものは何もかものひと欠片にすぎません。殿下が何をなさろうとしていたのか、というのも合わせたって半分くらいですわ」

王太子殿下が本性を現して、何もかも解決、というわけではない。

今のところ判明しているのは、【鍵を盗んだのは学園長】【学園長はそれをドロシー嬢に託した】ということだけ。

《なぜ学園長は鍵を盗まねばならなかったのか》

《どうしてドロシー嬢に渡したのか》

と、新たな謎が出てきてしまっているが、これについてはもう私の中で答えは見えている。

「俺を疑っていたとでもいうのか？　この部屋に来るまですっかり俺に騙されていただろう」

「いえ、馬車の中で思い出したんですの。村へ向かう途中の馬車の中で、あの御者は【行き先の村の上空から煙が上がっています】と、そうはっきりと発言されました」

国境沿いの村の場所を正確に知っていた、ということが私には引っかかった。王都にいる、貴族がおしのびで使うような馬車と、その御者。しかも、王族であり王太子であるダリオン殿下が私用に使う御者が、国境沿いの村まで行ったことがあるものか？

ドロシー嬢に懸想している殿下が、何度も村に帰る彼女のために使っていた？

いや、それなら、なぜ今回はドロシー嬢は使わなかったのか。

「いいえ、今回もドロシー嬢は殿下の用意してくださった馬車を使っていたんです。馬は当然変えているのでしょうが。つまり、往復したんですのよね。あの御者の方はドロシー嬢をどこか……彼女が走って王宮まで行ける、適度に疲労するようなところで降ろして王都へ戻っていた。だから場所をよく知っているし、遠くからでも、村の上空から煙が上がっていると判断できた」

ただ煙が見えただけなら、何か炭焼きや他のことで上がっているとのんびり構えることもあるだろうが、御者の声は切迫していた。

あれは、村が燃えていることを知っていたからこその、大げさな演技だ。

「なので、鍵に関しての首謀者は殿下だと確信しました」

だが、学園長を殺すようなことをするとは想像していなかった。

精々、私を口封じに殺そうとしてくるだろう。それなら返り討ちにして人を呼ぶ、という程度のことしか私は考えていなかった。

「……この後、王宮へ行ってどうするつもりだ。俺を兄上に差し出し、王妃の座を懇願でもするのか」

「わたくしの目的はただ一つ、ライラ・ヘルツィーカの名誉を守ることです。殿下にしてもこれはチャンスではありませんか？」

「兄上を、逆賊を打ち取り父上の仇を取れば、俺は正真正銘、王になれる、ということか」

「えぇ、そうです。わざわざ門の鍵を他国に流し、取引をして、後ろ盾になってもらう必要もありませんわ」

微笑んで言うと、ダリオン殿下の表情が凍り付いた。

「……記憶が戻ったのか？　ライラ」

「いいえ、ただの推理です」

ダリオン殿下はじっと私の顔を見ている。

「そこまでわかっているのなら、なぜこのまま俺を破滅させない？　兄上が王になる、俺が逆賊として兄に処刑されればそれで終わりだろう」

確かにそうだ。

物語なら、いい終わり方だろう。

ライラ・ヘルツィーカに汚名を着せた張本人であるダリオン殿下が何もかもの張本人！　悪党！　悪人！　小賢しいやつめ！　と、袋叩きにあって、ついでに共犯のドロシー嬢も仲良く処刑されれば、ざまぁ完了！

けれども違う。そうではない。そんなだけでは終われない。

私は、今は浮かび上がっていないライラ・ヘルツィーカの絞殺の跡をそっと指で撫で、元婚約者である青年に問いかけた。

「【ライラ・ヘルツィーカを殺したのは、ダリオン殿下ではない】ですね？」

一つ、確定した事実。

私がしかと確信を持ったこと。

問えば、王太子は不思議そうな顔をして、しかし、はっきりと答えた。

「【俺はライラを殺していない】」

12章　私が、挑戦者です

「来い、とは言うたが、そのナリで来るとは思わなんだ。正気か？」

玉座に座った第一王子、今は、新王と呼ぶべきなのか？　アレシュ・ウルラ閣下は凍り付いた謁見の間にて、からかうように笑った。

傍らには灰の髪の老人、前国王陛下がいる。

「父上……！　ご無事で……！」

一見して、前国王陛下にお怪我はなさそうだった。顔色も悪くない。渋い顔はしているが、クーデターを起こし、起こされた張本人二人は、意外なほど自然に一緒にいるようだった。

王宮のあちこちに戦った跡は見られたものの、流血兵がその辺に横たわっていたり、城が焼かれていたりとかそういうことはなかった。

本当にクーデターが起きたのか、と宮殿にやってきた私とダリオン殿下は、ここへ案内されながら不審に思ったほどだ。

だが、やはり、玉座にはアレシュ・ウルラ閣下が座っているので、何かあった、それだけは確かだ。

「急なことでしたので、学園長がお亡くなりになったことはもうお聞きになられましたか」

「そのようであるな。貴様が殺したような状況であるが詳細は不明、との報告を受けておる」

散々私が喚き散らした成果か、確定はされていない様子だ。

血まみれの、従者の格好をしたままの私は、謁見の間に相応しくない、とのことで、アレシュ・ウルラ閣下はすぐに私の格好をあらためさせた。

私は城使えの侍女たちにより体を丁寧に洗われ、公爵令嬢に相応しいとされる装いになる。

それにしても準備がいい。私のサイズにぴったり合うドレスがたまたま宮殿にあった、わけがないので、用意されていたのだろう。牢の中で私が酷い格好をしていたままだから、次に着せるつもりで揃えていたのかもしれない。

再度謁見の間に行くと、扉を騎士が開く前に、ダリオン殿下の怒鳴り声が聞こえた。

「そんな、そんな馬鹿なことが許されるものか!! 王位を継ぐのはこの俺だ！ 兄上ではない!!」

父と息子二人だけで、何か話し合っているのだろう。というか、ここに再度私が来る必要があるのか？

私は一歩下がって、扉の前の騎士に問う。

「貴方はどなたに仕えていらっしゃるの？」

「国王陛下です。公爵令嬢」

無視されるかと思ったが、騎士は答えてくれた。

「それはアレシュ・ウルラ閣下？」

「はい」

「本当に、武力行使による政変があったのですか？　それにしては、あまりにも……いえ、確かに、宮殿に人が少ない。何かあったのはわかります。でも、あまりにも……」

「平和に見える？」

ふっと、視界が暗くなった。

私の背後に誰か立って、私の肩に手を乗せている。

「やぁ、可愛い妹よ。そうしていると、すっかり公爵令嬢だね」

「あら、お兄さま。今更、なんです？　というか、雰囲気が変わりました？」

突然現れたお兄さまはにっこりと微笑み、軽く手を振った。

最初にお屋敷で見た時は、感情の読みづらい淡々とした印象だったけれど、今は温和な付き合いやすい人のように感じる。

「思ったより、いろんなことが簡単だったんだな、と思ってね」

「いろんなこと、と言いますと？」

「私は本当は、こんな国なんかどうでもよかった、って気付いてしまうことだよ」

なんか知らないが、いろいろ吹っ切れたということか。

いや、国は大事じゃないか？

突っ込みたい気持ちはあったが、晴れやかな顔をしたイケメンが目の前でニコニコしているので、まぁ、いいだろうか、と黙ってしまう。

「それじゃあ、行こうか」

くいっと、お兄さまは腕を差し出してくる。

「あら、お兄さまがエスコートしてくださるんですか」

「実はね、こういうのに憧れていたんだ」

こういうの、というのは、婚約者に裏切られた憐れな令嬢が、全ての申し開きをするために一人で夜会、あるいは王の間に挑む際に、隣に立つただ一人の味方、とかそういうのだろうか。

「私にとっては、お兄さまは御伽噺の魔法使いポジションですけど」

「ガラスの靴を履く女の子の話だね？」

「ご存じですか」

「あちらの世界のことはある程度伝わってるからね」

そういえばそうだった。

シンデレラの魔法使いのおばあさんは、善良なるフェアリーゴッドマザーだった。でも、よくよく考えてみれば、いきなり現れた自称魔法使いが何の見返りもなしにあれやこれやと馬車やらドレスやらを仕立ててくれて、さぁ舞踏会に行ってらっしゃい、でも十二時には戻ってね、魔法が解けちゃうからね、とそう囁くのは怪しさ抜群である。

「私はそんなに信頼できる存在に思えたのかい」

「どうしてライラ・ヘルツィーカは自殺した、なんておっしゃったのですか？」

信頼できるかできないか、といえば、私は別にお兄さまを自分の味方だとは考えていない。

お兄さまはライラ・ヘルツィーカの名誉のために、私という凶器を作った。お兄さまは私に誠実である必要はないけれど、私を上手く、凶器として扱うために誘導する必要があるのだ。

だから、いくつか嘘をついていらっしゃるのは、その誘導のためだというのが私の考え。折角だから、その意図を、ここでわかるのなら教えてもらおうと問うた。

「【ライラ・ヘルツィーカは殺された】んですよね？」

「【ライラ・ヘルツィーカの死は自殺】だよ」

お兄さまは答える。はっきりと、それが事実だと確定している目で答える。

私はじっと、その顔を見つめてその真意を探った。ゆっくりと三十秒数えるくらいの間が空いて、私はゆっくりと息を吐く。

「わかりました。【そういうこと】ですね」

このタイミングでお兄さまが出てきたことと合わせて、私はいろいろと合点が行った。

お兄さまが騎士に命じて扉を開けさせる。最初に感じるのは冷気だ。凍り付いた謁見の間は相変わらず。私がぶるりと身を震わせると、お兄さまがポンと肩を叩いてくれて、そしてもう寒さは感じなかった。

「ッ、ライラ!! 戻ってきたか!」

大声を出していたダリオン殿下は私の姿を見ると、大股で近づいてくる。何か怒鳴りちらそうと向けた顔は、隣にいるお兄さまを見てぐっと押し留まったのか悔し気に歪められた。

「予定より少し早いが、先に告げた通り、ライラ・ヘルツィーカ。其方は前国王、我らが父上に、其方が知り得た此度の一件について、語るがよい」

牢の中で話したことか。

私にとって一番都合のいい話をするように、とアレシュ・ウルラ閣下は言った。その意味が今ならわかる。

「！ 兄上！ いい加減にしてください！ 先ほどから言っていますが、なぜライラの発言が全て事実となるのです!!」

「最も信頼のできる発言であるからだ」

ぴしゃり、とアレシュ・ウルラ閣下は弟の抗議を一蹴する。

「とは言いましても、どこからどう話せばよいのか」

「なるほど、そうであるな。では父上、質問を。わからぬことはまだ多くあるでしょう」

玉座を息子に奪われた前国王陛下はちらり、と私を見る。

武力の高さで知られた偉大なる国王陛下。クーデターをあっさり許して王位を譲った、という人には見えない。わからないことは私だってまだ多くあるのに、こちらに質問はさせてくれなさそうだ。

「我が第二王子はどこまで関わっている」

前国王陛下の質問は分りづらい。

しかし、これはどこまで私が把握しているのかを探っているようにも見える。

なぜだか、どういうわけだか知らないが、私はアレシュ・ウルラ閣下により審判者にさせられているらしい。

私の発言が最も重要に扱われる。

つまり、私が第二王子の今後の処遇を決める、ということでもあるのだ。

「学園に、ドロシー嬢という元平民の少女がやってきました。そして、その自由な、貴族の娘とはタイプの違う少女に第二王子、ダリオン殿下は心惹かれ、彼女を傍に置くようになりました。蔑ろにされた婚約者、ライラ・ヘルツィーカはダリオン殿下の心離れを恐れ、ドロシー嬢を害し追い払おうとしましたが、上手くいかず。彼女は学園の鍵を盗み出し、隣国の王子にそれを渡そうとした。その目的は不明ですが、運良くドロシー嬢がそれを目撃して未然に防ぎ、それほど大騒ぎにはならずに済みました。けれどライラ・ヘルツィーカはドロシー嬢を一層憎み、彼女に対する嫌がらせはエスカレートして、ついに王太子妃の資格はない、とダリオン殿下に婚約解消を言い渡されました。ライラ・ヘルツィーカは目撃者であるドロシー嬢の故郷を焼き、さらには殿下を攫い亡き者にしようとしましたが、アレシュ・ウルラ閣下に捕えられ、それも未遂に終わります。しかし、再び殿下を攫い、ドロシー嬢の祖父である学園長を殺害しました。全ては嫉妬に狂ったライラ・ヘルツィーカの凶行でございます」

私は一息に、以上の説明をする。

前国王もそれを黙って聞いているが、うん、うん、と頷いている。そういう話を聞きたかったのだろう。

これならば、王太子は身分の低い女にうつつを抜かしたものの、それほど悪いことはしていない。

しかし、私はここでぐっと、腹に力を込め、さらに続けた。

「と、以上のシナリオが、ダリオン殿下の用意したものでございます。そもそも、ダリオン殿下はドロシー嬢に惹かれてなどいませんし、ライラ・ヘルツィーカはドロシー嬢を嫌って追い出そうとしたわけではありません」

先ほどの説明は、確かに《それっぽいよくある話》で、そのまま信じ込むのは容易い。だが、ここに思い込みによって前後した情報が一つあった。

「ライラ・ヘルツィーカがドロシー嬢に関わり始めたのは、鍵の件が起きてから、つまりひと月前からではありませんか？」

王太子に近づいた女を疎む。確かに、乙女ゲームの悪役令嬢なら、そういう単純な展開もあるだろう。

しかし、ライラ・ヘルツィーカは賢明な転生者だ。自ら関わり問題を起こした可能性もないわけではないが、その可能性は低いと判断する。

「ひと月前からだとしても、隣国の王子と関与していることをドロシー嬢に目撃され、口封じをしようと狙っていたのでは？」

前国王陛下はその前後を問題視はしない。いや、私が答えられないのなら、そのままにしてしまおうというつもりだ。

「いいえ、違います。偉大なる前国王陛下。【鍵を盗み出したのは学園長です】。ドロシー嬢は祖父より鍵を受け取り、【彼女が隣国の王子へ渡そうとしたのを、鍵の管理者であるライラ・

ヘルツィーカは感じ取り、阻止した】のです」

「なるほど。王太子妃の座を狙い、その平民の小娘がその方、公爵令嬢を陥れた、ということか。よもや、先の村の火災はその小娘の自作自演であったのか？」

答えを誘導しようとしてくる。

これが前国王陛下、ダリオン殿下を王太子にした王族の望む次の答えだ。

ここで頷いてしまえば、一つの決着がつく。

全ての犯人はドロシー嬢だ、と。

平民娘が、身分に合わない望みを抱いた。野心を抱いた。王太子をたぶらかし、傍に近づき、邪魔となる公爵令嬢を排除するために大事件を起こした。

自分を知る者、隣国の王子との密会を見ていただろう村人たちを全て焼き、悲劇のヒロインとして泣き崩れ、あとは公爵令嬢に罪を押し付ければいいと、そんな浅はかな考えだった、と。

そう答えろ、と老人の強い目が私に強制してくる。

その威圧。これまで黒いものも白としてきた、支配者の強制力があった。

押し潰されそうになる。

私は玉座のアレシュ・ウルラ閣下を見る。灰色の瞳のサディストは面白そうにこちらを見下ろしているが、何か助けようとしてくれる様子はない。

お兄さまも、私の隣にいて微笑んでいるだけで、助けてはくれないだろう。

（いえ、それでいい。それが当然でしょう）

アレシュ・ウルラ閣下には閣下の望みの未来がある。お兄様にしてもそうだ。だけれど、二人はこの状況で、私の言葉だけが【重要】だと、そう黙認している。

二人は私を助けない。けれど、だから私は、ライラ・ヘルツィーカの名誉を守るというその目的のためだけに発言できる。

「【いいえ、違います。ドロシー嬢はダリオン殿下に頼まれただけ】、【学園長は憐れな生まれの孫の未来のために殿下に協力しただけ】です」

大前提として、問題定義が間違っている。

ダリオン殿下はドロシー嬢に恋をしてなどいなかった。

ただ、都合の良い少女だっただけ。

表向きは、王太子が身分を忘れて平民娘に恋をして、と、私が先ほど語った筋書き通り。アレシュ・ウルラ閣下が牢の中で、ドロシー嬢を疑っていた発言をしていたから、最初はアレシュ・ウルラ閣下も、ダリオン殿下の企てとは思っていなかったのかもしれない。

ダリオン殿下はドロシー嬢を唆し、何か甘い夢を見せた。ライラ・ヘルツィーカは深く関わろうとしなかったが、門の鍵の事件で、ドロシー嬢がダリオン殿下に利用されていることを知り、彼女を殿下から引き離そうとした。

それが、虐めやら何やら、という噂の原因になったのではないか。

「お兄さま、隣国はどのような国ですの？」

「うん？　そうだね、隣国は、魔術文化こそ我が国に劣るけれど……金山を多く所持し、海にも面した豊かな国だ。そこの姫君が確か、ダリオン殿下の一つ下で、写真で見た殿下をいたく気に入ったという話を聞くよ」

こういう質問には答えてくれるのか。

私は頷いて、前国王陛下に問いかける。

「わたくし、ライラ・ヘルツィーカとダリオン殿下の婚約は解消されておりますが……その場合、王太子殿下の次の婚約者はどなたになる予定だったのでしょう？」

「……」

前国王陛下は答えない。

無言、というのも選択肢の一つだ。

しかし、ここでアレシュ・ウルラ閣下が口を開いた。

「隣国の姫だな。先の門の鍵の件で、隣国とはわだかまりがある。ゆえに、たとえば其方か、あるいはその平民娘を処刑し、女の嫉妬ゆえのつまらぬ事件だった、と公表し、隣国とのわだかまりを解消した証拠として姫を迎える、くらいの必要はあろう。私の妃候補でもある」

なんということでしょう。それはそれは、お可哀想に……。

アレシュ・ウルラ閣下に嫁がなきゃいけないとか、気の毒すぎる、隣国のお姫様。

「【全ては、隣国を後ろ盾にして自分の王位継承を確実なものとしようとしたダリオン殿下の企て】です」

宣言した途端、ダリオン殿下が剣を抜いた。

「その発言は、俺の名誉を侮辱しているぞ!! ライラ・ヘルツィーカ」

この場で認めれば、それが確定となる。つまり、王太子殿下は処罰される。

この場に来ればそうなることはわかっていた。

しかし私は殿下に嘘をついた。一緒にここへ来る、それはダリオン殿下にとってチャンスだと、そう唆した。

何もチャンスなどありはしない。

そもそもアレシュ・ウルラ閣下がクーデターを起こした。そう聞いたのなら、ダリオン殿下はとっとと逃げるべきだった。あるいは私を殺しておくべきだったのに、何を考えたのか、ダリオン殿下は私とここまで来た。私が殿下に敵意がない、というような態度をしたから、そう信じたのだろうか。

ダリオン殿下なりの狙いがあったのだろう。まぁ、そんなことは今はどうでもいい。

私の狙いはこれだったからね！

「その言葉、そっくりそのままお返ししますわ！　ダリオン殿下！」

私はお兄さまに剣を借りる。

魔術師であるお兄さまでも帯刀はしていて、その剣は重さといい長さといい、私にしっくりと馴染んだ。

「そもそもライラ・ヘルツィーカの名誉を傷つけたのはダリオン殿下です。わたくしの未来を奪い、わたくしの名誉に泥を塗った。わたくしの語った言葉を事実とすれば、ライラ・ヘルツィーカこそ国のために尽力した正しい貴族ですわ！」

クーデターが起きた。

アレシュ・ウルラ閣下が王になった。

となれば、正義というものがこれまでとは違う定義で作られる可能性がある。

今はそういう、とても微妙な時になって、ダリオン殿下の王太子としての権力も、何もかも意味がなくなる。

私がここまでダリオン殿下を連れてきた理由はただ一つ。

この場でダリオン殿下と名誉をかけて決闘することだ。

告解・村娘ドロシー

ごきげんよう、わたしはドロシー。

ただのドロシー。


生まれた場所は知らない。

物心ついた時は、もうあの教会の屋根裏でお母さんと二人で暮らしていた。

国境沿いの小さな村。全員で百人いるかいないかくらいの、貧しい村。

そこにひっそりと、わたしとお母さんは息を潜めて住んでいた。

お母さんはとても美しい人だったと、教会の神父さまはおっしゃっていた。

けれど、わたしの知るお母さんは、顔がぐじゃぐじゃに溶けていたし、わたしと同じ色だったらしい薄紅色の髪はすっかり抜け落ちてしまっていたから、わたしにはよくわからなかった。

「こんな姿にならなければ殺されていた」

そう、お母さんは話してくれる。わたしの髪を梳《す》いて、わたしの体を洗いながら、何か嫌なものを見るようにわたしを見て、そう話す。

「いいかい、ドロシー。お前もきっと美しくなる。でも、男の心を蕩《とろ》かすような女じゃあない。お前の瞳は男が自分の姿を映すために、お前の頬が染まるのは男の自尊心を満足させるために、お前の唇は男に奪われるためにある、そんな美しい娘になるんだよ」

あぁ、残酷だ、とお母さんは言う。

わたしは美しい娘になるのが良いことなのか、悪いことなのかわからなかった。

けれど、私の背が伸びて、少しずつ胸が膨らんでくるようになると、わたしとお母さんはとてもひもじい思いをするようになった。

これまでは教会の神父さまがわたしとお母さんのお世話をしてくれていたのに、「子爵様からの援助が止まった。この貧しい教会でお前たちを食わせる余裕はない」とおっしゃった。男の子が生まれたとか、そういう話を聞いたけれど、よくわからない。

お母さんは必死に神父様に頼んでくれた。

せめて娘の、ドロシーの分だけはとそう縋《すが》ってくれて、わたしはどうして、これまで優しかった神父様がそんな意地悪を言うのかわからなかった。

しばらくして神父様は、お母さんを夜中に連れ出して、朝まで帰ってこなくなった。そうした次の日からしばらくは、わたしとお母さんはパンとスープを食べさせてもらうことができた。

村の子供たちとは遊んだことがなかった。

ただ教会の屋根裏で暮らしていただけの小さな世界だった。

教会にやってくる村の人たちを、屋根裏からこっそり覗くような生活だった。

そのうちに神父様が、わたしも何か働くように、とおっしゃって、屋根裏から見かけた村の子供たちと一緒に薪を拾いに行ったり、そういうことを私もしていいようになるんだとドキドキしたけれど、わたしがすることは、とても痛くて体が辛くなることだった。

神父様や、わたしに仕事をさせる村の男の人たちは「どのみち日陰者。どうせロクな生き方はできやしない」とそう言った。

だから、そういうものなんだと思って、わたしはお母さんが神父様にしなければならないことを、わたしもするようになるのは、きっと仕方ないことなんだと、そう思った。

お母さんは顔中に真っ赤な水ぶくれができて、死んでしまった。

わたしは神父様にたくさんお願いして、なんでもして、お母さんを助けてくださいって言ったけれど、お母さんを治す薬はとても高いから駄目だって、助けてくれなかった。

朝から夜までずっと、屋根裏のベッドの上で過ごした。いつも天井を見ていて、いろんなことが終わるのを待っていた。時々優しくしてくれる人もいるけど、そういう人は村の中で他の村の人に虐められたり、からかわれている人だった。

わたしに優しくすれば、わたしの方がみっともなくて可哀想になるから、優しくしてくれるだけだって、知っていた。

◆◇◆◇◆

わたしが十六歳になった頃、村にとても立派な、これまで見たこともないくらい、とても綺麗な服を着た男の人がやってきた。わたしはそれを屋根裏で見ていたのだけれど、すぐに神父さまが真っ青な顔をして、わたしを呼びに来た。

わたしはもう随分長いこと下着しか身に着けていなくて、服なんて持っていなかったから、神父様の大きな服を着せてもらって、立派な服の男の人の前に出された。

男の人が神父様と何を話したのかはわからない。

だけど、わたしはそのまま馬車に乗せられて、子爵様のお屋敷に連れていかれた。

そこでわたしは、子爵さまの血を引く子供で、きっと魔力があるだろうと手を切られた。真っ赤な血が流れて、それをお皿の上で伸ばしたり、水につけたりしていたのだけれど、わたしの血はお皿の上で勢いよく燃えだして、あっという間になくなってしまった。

そして、わたしは屋根裏のドロシーから、子爵令嬢のドロシーになった。

「お前の母親はとんでもない恥知らずな女でした。何もできない、か弱い顔をして、瞳を震わせていれば、なんでも思い通りにできると考えていたのよ」

お屋敷で、わたしのお義母さまになる方は、わたしを何度も打ちながらそうわたしに話した。

【泥棒猫】

【恩知らずの、おぞましい女】

それがお母さんのことだと、わたしがきちんと理解するように、何度も何度も頰を叩かれた。

お屋敷には、わたしのきょうだいになった子供が何人かいたけれど、わたしはきょうだいではなくて、めかけの子だと、そう言われた。

水をかけられて一晩中外に出されたり、わたしのごはんにだけ泥が入っていたり、虫がいっぱい、ベッドに這っていたり、そういうことばかりだった。

わたしは村から出る時、少しだけ、自分は幸せになれるんじゃないかって、そんな馬鹿な夢を見ていた。

でも、あの屋根裏でひっそりと生きていけるだけで、生かしてもらえるだけでわたしは十分幸せだったって、わたしは思わなくちゃいけなかった。

だってわたしは泥棒猫の恩知らずな女の娘で、どうせロクな生き方ができないんだもの。

◆◇◆◇◆

十七歳になってわたしは、貴族の人たちが通う学校に通わせてもらえるようになった。

もう一年もないうちに卒業する年で、先生たちが何を言っているのか全くわからなかったけれど、でも、そこに一年通えば良いってお父さまはおっしゃってた。

そこでわたしは初めて、わたしのおじいさまという人に会って、おじいさまはわたしを抱きしめて「今まで助けてやれずすまなかった」と涙を流してくださった。

わたしはおじいさまが抱きしめてくるから、きっと足を開かないといけないんだわ、と思って綺麗な制服を脱ごうとしたんだけど、おじいさまは「そんな恥知らずなことをする必要はない！」と、わたしを怒鳴って止めた。

でも、綺麗な服を貰って、あの意地悪ばかりする人たちの家から出してもらって、学校に通えるようにしてくださったのはおじいさまだったから、わたしは足を開かないといけないのに、おじいさまは「違う、それは違う」と何度も何度も何度もおっしゃった。

学校で、わたしはいつも独りぼっちだった。

授業にもついていけないし、貴族の人たちは皆、わたしをいないものだってそう思っているみたいだった。

あのお屋敷だと、わたしはそこにいちゃいけないから、意地悪されたけど、でも、学校の貴族の人たちは皆、意地悪なんてしなかった。当然よね。だって、わたしはいないんだもの。みんなの目に見えないから、誰も何もしない。

気に入らないなら、そう言ってくれればいいのに、何か間違えているなら教えてくれればいいのに、わたしが貴族の女の子はしないようなことをしても、誰も何も言わなかった。透明な人間になったみたいだった。

「どうして皆、わたしのことを無視するの？」

学校に通って三か月くらいして、わたしは放課後、教室に一人残っている同じクラスの女の子に聞いてみた。

その人はちょっと驚いたようにわたしを見て、その綺麗な青い目を細めた。

「わたくしが貴方に関わらないのは、あなたに興味がないからですわ」

「わたしのことが気に入らないから？」

「いいえ。あなたが何をしようと、どうでもいいの。わたくしにはわたくしの選んだ道があって、あなたに構っている暇はありません」

「皆そうなのかしら？」

「それはわからないわ。人には人の事情があるもの」

銀色の髪に、とても綺麗な顔の、お姫さまみたいな女の子だった。

おじいさまが、わたしに文字の勉強をするようにってくださった、絵がたくさん描いてある本に出てくる、お姫さまみたいだった。

「わたしはここに相応しくないでしょう？」

「振る舞いのこと？　それとも身分のこと？」

「どちらもよ。だって、わたしは恥知らずな女の娘で、貴族の作法なんてこれっぽっちも身に着いてないんだもの」

「身分であれば、子爵様があなたを認知され、学園長が保証人となられていると聞いています。魔力を持つ全ての貴族の子供はここへ通う資格と義務があるのですから、あなたがここにいることは、あなたの身に流れる血の義務だわ」

銀色のお姫さまは、わたしにもわかるようにゆっくり易しい言葉で言ってくれた。

「振る舞いに関して恥じ入る心があるのなら、身に着ける努力をすることをお勧めするわ。わたくしたち学生は、あなたの振る舞いを指摘して正そうとはしない。あなたが十歳にも満たない子供ならそうしたけれど、もうすぐ成人になる貴族の娘がそう振る舞っているのなら、それは自分でそう選んで振る舞っているのだって、考えるからです」

「どうすればいいかわからないの。ねぇ、あなた、わたしに教えてくれない？」

「……嫌。あたしがなんでヒロインを育成しないといけないの？」

「え？　なぁに？」

最後の言葉の意味だけわからなくて、きょとん、と首を傾げると、銀色のお姫さまは慌てて手を振った。

「なんでもありません。わたくしにも都合があります。もうあと半年ほどで卒業ですから、生徒会の仕事の引継ぎとか、花嫁修業とか、フラグ折ったりとか」

「わたし、あなたみたいになりたいの」

「……」

わたしは必死にお願いした。男の人なら、足を開いてお願いすればよかったけど、銀色のお姫さまはわたしの体なんて欲しくないだろうし、どうすれば聞いてもらえるかわからなかったけど、でも、必死でお願いした。

きっと今のままじゃだめだって、そう、わたしにもわかってた。

銀色のお姫さまは放課後、短い時間だけ、わたしと一緒に過ごしてくれた。

二人でいるところを誰かに見られたら、余計な噂が立つから、会う時は誰にも見つからないようにこっそりと会った。

歩き方とか、話し方、貴族の女の子はどういう風にするのが作法なのかって、それを教えてくれた。

「どうしてお作法通りにしないといけないの？　窮屈じゃないかしら？　こういう風に、きちんとできていることが立派ってことなの？」

マナーを教えてもらうのは嫌じゃなかったけれど、どうしてそうしなければならないのか、よくわからなかった。

それで、銀色のお姫さまはこういうのが好きなの？　と思って聞くと、お姫さまは首を振った。

「嫌ならしなくてもいいと思います」

「いいの？」

「マナーは自分のためのものじゃありません。相手のためのものです」

「できてると自分が素敵ってことじゃないの？」

自分の価値をよく見せたりするものだって、思ってたけど、お姫さまは違う、と言った。

「相手に不快感を与えないためです。たとえばテーブルマナー。手づかみで食べたっていいけれど、誰かが自分と一緒に食事をしているのなら、相手が気持ちよく食事をできるように、礼儀正しく振る舞う方がいいでしょう。立場がある者同士なら、お互いマナーを守って振る舞えば互いに敬意を示しあうことができる。それが礼儀作法です」

「……わたしがマナーを知らないでお話ししていると、嫌な気持ちになった？」

心配になって聞くと、お姫さまはすぐには答えてくれなかった。

少し間をあけて、困ったように笑ってくれた。

「実はわたくし、あなたのことは嫌いじゃないの」

あぁ、その時、わたしがどんなに幸せだったか、きっとお姫さまは……ライラさまはご存じないのだわ。

わたしのことを嫌いじゃないって言ってくれる人がいたことが、どんなに嬉しかったか。

わたしはライラさまのことが大好きになっていたの。

◆◇◆◇◆

「母親が平民、というのは君か？」

ライラさまに礼儀作法を教えていただけるようになってしばらくして、恐れ多くも王太子殿下がわたしに声をかけてくださった。

最初は、ライラさまの婚約者である王太子殿下だから、ライラさまから何かわたしのことを聞いて興味を持ってくださったのだと、ライラさまに認めていただけた気がして嬉しくて、一生懸命、王太子殿下に気に入られるよう、わたしがきちんと振る舞えていることを殿下からライラさまに伝えていただけるよう、頑張ったの。

ダリオン殿下はわたしにとても良くしてくださった。授業でわからないことがあればなんでも教えてくださって、とても親切にしてくださった。

だけど、ダリオン殿下と親しくなってから、ライラさまはお忙しくなったとかで、わたしと会ってくださらなくなった。

「少し、手伝ってもらいたいことがあるんだ」

留学されている隣国の王子さまとダリオン殿下はご友人同士だった。

でも、あまり仲が良いことを人に知られてはいけない、とかで、会う時はわたしが殿下からの手紙を隣国の王子さまに渡していた。

わたしはお二人にちゃんと気に入られるよう、ライラさまから教えていただいた礼儀作法を一生懸命守った。

隣国の王子さまがお国に帰られる、という時、おじいさまからとても大切なものを預かった。これを国境沿いの村まで持って行って、待っている王子さまに渡すように。そうしたら、わたしは将来、ダリオン殿下の寵姫としてお城に上げてもらえるって、そう、おじいさまと約束してくれたらしかった。

ダリオン殿下の寵姫になれれば、卒業してもライラさまと一緒にいられる。

わたしはとても嬉しかった。

だから、あまり近づきたくない村……あの、貧しい村に行くことも苦じゃなかった。

貴族の娘として引き取られてからも、何度か村には帰った。

お母さんのお墓参りをするためだった。

わたしの昔を知る人たち。

「立派になったもんだ」なんて言いながら、わたしが帰る度に、お金やその他のものを寄越せと言ってきた。

「あれだけ良くしてやったんだから当然だ」と誰もが言った。

その日も、わたしが鍵を持って村へ行くと、村人たちはわたしがお金を渡しにきたのだと群がってきた。貴族の生活を知り、いろんなことを学んだ私には、彼らが虫に見えた。

甘いお菓子に群がってみっともなく貪り食うだけ貪って、お腹を大きくして動けなくなったところを踏みつぶされる馬鹿な虫。

わたしの体は虫に集られていたのかと、気持ちが悪くなった。

鍵を、村の外れで待っている隣国の王子さまに渡さなければ。そう思って、わたしは村人たちを追い払って、出ようとしたら、ライラさまがいた。

どうして、どうしてライラさまがこんな汚い場所にいるのかわからなかった。

だけどライラさまはわたしに近づいて、鍵を返しなさいと言った。

嫌よ、駄目。

この鍵を渡せば、わたしは王太子殿下の愛人になれる。

そうしたら、ライラさまと一緒にいられる。

だから、渡したくなかった。

ライラさまはわたしに怒鳴った。

「これがどんなに恐ろしいことか、あなたはわかっていないのよ‼　あなただけじゃなくて、あなたのおじいさまも破滅するのよ⁉」

いつもの美しい毅然としたお姫さまの態度ではなくて、なりふり構わない必死な様子でライラさまはわたしに怒鳴る。

あぁ、わたしのことを嫌いになってしまったんだわ。

わたしは嫌われてしまったんだわ。

わたしなんかが王太子殿下の愛人になるのが、嫌なのだわ。

わたしは悲しくなって、鍵を投げ捨てた。それをライラさまが拾い、茫然としている隣の国の王子さまに何か言って、そしてわたしはライラさまの馬車で一緒に帰った。

ライラさまは王太子殿下と何かを話し、鍵を持ち出したのはライラさま、そういうことになった。

それからのことは、わたしにはどうしてそういうことになったのか、わからないの。

わたしはライラさまに虐められている可哀想な女の子、ということになって、優しくしてくれる人が増えた。

ライラさまは独りぼっちになった。

わたしが王太子殿下と一緒にいると、ライラさまがすごい剣幕でやってきて、わたしの腕を掴んで殿下から引き離す。

「もうこの子には手出しをしないと約束したはずでは？」

わたしを背に庇い、ライラさまは殿下を睨み付ける。

その度に殿下は目を細めて笑い、わたしに手を伸ばす。

「俺が他の女に目移りしているのが、それほど気に入らないのか？」

「この外道……ッ」

どうしてそういうことになったのかわからない。

でも、わたしが王太子殿下といると、ライラさまが飛んできてくれる。

わたしのことを心配して、守ろうとしてくださる。

それが嬉しくて、わたしは殿下の傍にいた。

それからひと月ほど経つかというくらいに、中庭でライラさまが、殿下から婚約解消を言い渡された。

学校の騎士さまたちに体を拘束されて、殿下から罵倒されるライラさまは毅然とされていた。髪を引っ張られても、無理矢理地面に膝をつかされても、ライラさまはいつもとお変わりなく、いいえ、いっそう美しかった。

あれ？　でも、そうなったら、もう殿下なんかどうでもいいんじゃない？

ライラさまと殿下は何の関係もなくなった。

ライラさまは独りぼっちだわ。

だったらもう、殿下の愛人になんかならなくても、ライラさまのお友達になれればいいんじゃない？

殿下は短いし、早いし、しつこいから、本当は嫌だったの。

もうおべっか使わなくていいって気付いて、わたしはとても嬉しくなった。

でも、ライラさまは鍵を盗んだってことになっているから、わたしがそれをうまく解決したら、きっとわたしのことを許してくれる。

わたしとおじいさまは騙されただけってことをちゃんと知ってもらえて、殿下が犯人なんだって、どうすればわかってもらえるかしら？

ライラさまに相談できればいいけど、そうしたら、わたしに感謝してもらえなくなる。

一生懸命考えているうちに、一週間経ってしまった。

「そうよ、村の皆に証言してもらえばいいんだわ」

村の人たちはきっとわたしの味方になってくれる。今までさんざん、わたしは彼らのために尽くしてきたもの。

わたしが利用されて困っていた、って、村の皆に、そう、神父さまに相談していたってことにすれば、わたしとおじいさまが鍵を隣国に渡そうとしていたことも、仕方ないって思ってもらえるし、ライラさまの所為じゃなかったってわかってもらえる。

わたしはこの考えがとっても素晴らしいものに思えて、いつも通り殿下の馬車を借りて村へ向かった。

村の皆は、とても機嫌が良かった。

「お前が捕まったりしたら、村までお咎めを受けかねないからな。なんでも協力するよ」

皆そう言ってくれて、わたしはほっとした。

そうしたら、その中の男の人たちがニヤニヤしながら続けた。

「でも安心しろよ。あの銀髪のお高く留まった女なら、もうおれたちがうんと懲らしめてやったからよぅ」

「え？」

「ようは、あの女が全部わるかったってことにすればいいんだろ？　そうすりゃお前は王太子妃だ。俺ら村人全員、王都で暮らせるようにしてくれよ」

「あの女、おれら全員で相手してやったよ。家畜小屋で、両手両足を縛って、魔法を何か使われちゃ困るから布を噛ませちまったから、まぁ、声は楽しめなかったが」

「殴っても蹴っても大人しくならねぇ。気の強すぎる女ってのは厄介だな」

「もう一週間くらい前か？　あの女がノコノコ現れて、お前のことや隣の国の王子がここで誰を待っていたのかとか、詳しく聞こうとするもんだからよ」

動かなくなったので、裸にして森に棄てた。あとは獣の餌になってるだろう。

男の人たちはそう言って笑って、笑って……。

気が付いたら、わたしは村を燃やしていた。

わたしは村を燃やしたのは突然現れた盗賊の所為にしようと思って、王宮に駆け込んだ。

そこで、冷たい氷のような眼をした背の高い黒い騎士の人が、わたしを保護してくれて、わたしの衣服も綺麗なものにしてくれて、そして。

「その言葉、そっくりそのままお返ししますわ！　ダリオン殿下!!」

王宮に、ライラさまがいらっしゃる。

わたしは謁見の間の隅に隠れるように立たされながら、ただただ驚いて、それを見ていた。

あの村人たちの言ったことは嘘だったの？

それとも、そんなことがあってもライラさまは何の穢れもなく毅然とされているのだろうか。

いいえ、いいえ、そんなことはどうでもいい。

わたしは嬉しくなって、ライラさまに駆け寄ろうとして、でも、そこで気付いてしまったの。

あの方は誰？

違うわ。

違う。あれは、ライラ・ヘルツィーカさまじゃない。

髪が短いからとか、着ているドレスが違うからとか、そんなんじゃない。

あれは【ライラ・ヘルツィーカさまじゃない】って、わたしにはわかった。

途端に、わたしは目の前の不思議な令嬢が何をしているのか気になった。

ライラさまの体で、彼女は何をしているの？

どうしてライラさまの体を使っているの？

わからないことばかりだった。

でも、剣を持って、ダリオン殿下に挑むその姿を見て、わたしはとっても簡単なことに気付いてしまった。

あぁ、そうなの。
女の子が剣を持って、戦っても、よかったのね。

13章　誰がライラ・ヘルツィーカを殺したのか

私は運がいいらしく、決闘というものは、この異世界でも私の知る決闘と同じ意味、同じ目的を持つものらしかった。

二人の人間が同一条件の下で、命を賭して戦う。

主に、自らの名誉を回復することが目的であり、通常の裁判、通常の法では自らの正しさが証明できない場合に、決闘は行われる。

「一応言っておくけれど、私は魔法で助けたりしないし、負けたら君は死ぬんだよ」

ドレスと踵の高い靴では動きにくかろう、とお兄さまが杖を振ると、私の服は女性の美しい装いから、男性の軽装へと変わる。

変えてくれたのは服だけで、これに防御魔法とか、素早くなる効果とかそういうものはないらしい。

「まぁ、別にこの世に未練はありませんし、それは構いませんよ」

「死んでもいいという気持ちで戦うのはどうかな」

「そういう意味じゃありません。私は人生に未練がないので、この命を全力で、ライラ・ヘルツィーカのために使いますよってことです」

「……」

言うとお兄さまは沈黙した。

牢の中でアレシュ・ウルラ閣下にも話したけれど、私は努力もせず野心もなく何もない人生に関心がない。それよりも、ライラ・ヘルツィーカへの好意と彼女の名誉を回復することに興味がある。

私の剣に細工がないかどうかを、ダリオン殿下の介添え人となる……って、前国王陛下がやるんかい。前国王陛下が私の剣を調べ、その間にダリオン殿下の剣をお兄さま……は？

「私の介添え人はアレシュ・ウルラ閣下がなさるんですか」

「代理戦争のようなものである。当然であろう」

氷のオブジェを自作した玉座でふんぞり返っていたアレシュ・ウルラ閣下はいつの間にか私の方へ来ていて、ダリオン殿下の剣を調べている。

代理戦争。

なるほど、まぁ、確かに、そうなるのだろう。

私が勝てば、ライラ・ヘルツィーカの名誉回復。

それは、王太子殿下が黒幕だった、という事実が固定されること。

私は、アレシュ・ウルラ閣下がクーデターを起こした理由やら、父王と何を話したのかは知らないけれど、その場合、サディスト閣下の行いが《正統なものだった》という証明にでもなるのだろう。

そしてダリオン殿下が勝てば、全ての罪はライラ・ヘルツィーカが被ることになる。ダリオン殿下は正しく、正当な王位継承者のまま。クーデターを起こしたアレシュ・ウルラ閣下は王位を簒奪しようとした不逞の輩、ということで落ち着く……いや、なんで？

「いや、一瞬納得しかけましたけど、私が勝とうが負けようが、アレシュ・ウルラ閣下には関係ないですよね？」

もうクーデターは終わっている。

玉座にはアレシュ・ウルラ閣下が座り、ダリオン殿下が歯向かうのなら、この場で殺せばいいだけの話だ。クーデター直後という、善悪の定まらない今は、私にとっては好都合ではあるけれど、私のこの決闘はアレシュ・ウルラ閣下には関係ない。

「……ダリオン殿下が私に勝とうが負けようが、ここで殺しますよね？　閣下は」

「それを言うのであれば、其方とて同じことではないか？　私が愚弟を処刑する。愚弟の行いを詳《つまび》らかにする。そして、婚約関係にあったライラ・ヘルツィーカは被害者であった、あるいは我が共犯者であった、と広めればよい。それでそなたの目的、公爵令嬢の名誉は守られよう」

勝者はアレシュ・ウルラ第一王子。

玉座を得て、彼にとって都合の良い王位簒奪までの正統な理由と物語が歴史として記録されていく。

そこに、ライラ・ヘルツィーカについて、彼女の名誉を傷つけないような一文を加えれば、なるほど確かに、それは、確かに、それもそう、ではある。

「いいえ、いいえ、駄目です。えぇ、それはちょっと、そんな他人任せで、私はライラ・ヘルツィーカの名誉を守るつもりは、ないのです」

「決闘し、自ら命を落とすやもしれぬ道こそと？」

「私の命を賭けることにご大層な意味なんてありません。そんなことよりも、なぜ閣下が、私にとってこの都合の良い展開を故意に……行わせてくださるのか、それをお答えください」

私に問いかけて、自分は答えていない。

そう指摘して見上げると、新国王陛下はじっと私を見つめ返し、そしてわずかに目を細めた。

私ではないライラ・ヘルツィーカのことでも思い出しているのか、そう思った一瞬、けれどもそうではない、そうではなくて、あの牢の中で言葉を交わし、わずかに私に対して関心を見せた時と同じような、そんな妙な、優しみのようなものを感じた。

「【私とて、恥くらい知っておる】」

答えるその目は、その薄い唇は嘘を言ってない。

「そうですか」

「さて、見分は済んだ。存分に殺し合うがよい」

トン、と私はアレシュ・ウルラ閣下に背を押され、再びダリオン殿下と向かい合う。

お兄さまが決闘に際しての決まりや口上を述べられた。要約すると、どちらかが致命傷を負うことが決着であり、第三者の介入はなし。つまり、前国王陛下とアレシュ・ウルラ閣下は介添え人ではあるが、この決闘に参入はできない。

「覚悟はよいか、ライラ・ヘルツィーカ」

「ダリオン殿下こそ」

殿下と私は互いに剣を向けて、一礼する。

学園に登校した初日に、私はライラ・ヘルツィーカの体がとても優れていること、素早く動けることを知った。

そして、その時はダリオン殿下を制圧することができたけれど、今対峙している王族の男性は、私にこれまで見せてきた、年相応の青年の顔ではない。

学園で最初に見せた、ライラ・ヘルツィーカを盗人だと正義面で罵った男子生徒のダリオン

殿下。

馬車の中で後悔するように、懺悔のように俯きながら向かい合った元婚約者のダリオン殿下。

燃える村の中で、まるで役立たずに茫然と佇み、まともな判断ができないながらドロシー嬢を探した、恋に一途なダリオン殿下。

牢の中で、ライラ・ヘルツィーカをもう裏切りたくない、助けにきたと言った、同級生のダリオン殿下。

学園長に死を命じ、これまでの仮面を脱ぎ捨てて平然としていた、王族ぜんとした顔の、ダリオン殿下。

その、どれとも違う。

今、私の前にいて、私を殺して勝とうという赤い髪の青年は、初めて正統な憎悪を私に向けていると、そう感じた。

殺意と敵意と憎悪を受ける。

この殺意がわたし、殿下がいまだ記憶喪失のライラ・ヘルツィーカと信じる私に向けてのものか、それとも生前のライラ・ヘルツィーカに向けてのものかはわからない。けれど、殿下のその殺意から、わずかに「やっと堂々とお前を憎める」という、安心感のようなものも確かに感じられた。

ダリオン殿下が床を強く蹴ってこちらに突進し、細身の剣を突き出した。私の、ライラ・ヘルツィーカの体は反射的に動き、剣先を自身の剣で弾く。しかし、殿下はその弾かれるはずだった右手を左手で掴み強引に軌道を戻すと、剣先が私の左肩を貫いた。

「ッ」

私は大きく後ろに跳ね、追随してくる殿下の体を足で蹴り飛ばす。剣が肩から抜かれ、さらに踏み込んだ足を軸にして殿下は右回りに体を回転させ、その遠心力のまま私に斬りつけてくる。

こちらは着地し、低い姿勢から殿下の剣を受け止める。

「防戦一方だなッ！　ライラ！」

フーッフーッと、互いの食いしばる歯から息が漏れる。殿下は憎悪からの、私は運動量からの疲弊ゆえのもの。

「やっと君をはっきりと殺せる！　俺を裏切り続けた君を正統に殺せる！」

今までの何もかもが煩わしかった！　そう嘆く殿下の目には私しか映っておらず、その敵意を受け止める権利がはたして私にあるのかと、そう居心地の悪さを覚えながら、私は繰り出される殿下の剣を受け続けた。

「わたくしを裏切ったのは殿下の方では？」

ただ、罵倒され続けるのはライラ・ヘルツィーカの名誉に関わる。それは許されないと、私は目を細め、殿下に言い返した。

「わたくしを罠に嵌め、ドロシー嬢を唆し、悪の令嬢のように仕立て上げようとなさったじゃありませんか。わたくしが気に入らなかったのなら、ただ婚約を解消されればよかったのに、よくもまぁ、これほど大掛かりなことをなさいましたわね」

「俺から君を捨てられるものか！！！」

ドン、とダリオン殿下の足が私の腹を強く蹴った。

子供の癇癪《かんしゃく》のように乱雑で容赦がないながら、きちんと考えを持って繰り出された蹴りである。私はごほり、と胃液を吐く。

こちらがしゃべり終え、呼吸をしようとという寸前に蹴られた。どんなに鍛え上げた体でも、息を吸おうという瞬間を狙われてはたまらない。

「あぁそうだ！　俺は君を裏切れなかった！　当然だろう！　俺が王太子になれたのも、そこの玉座にいる……有能でご立派な兄上サマを差し置いて、この俺が次の国王だと誰もが持て囃したのも……俺がお前を妻にしなければ叶わないことだった‼」

「へぇ、そうなんですか。それはそれは……よくあることでは？」

ラノベでよくある、戦略結婚うんぬんか？

公爵令嬢を娶れば、公爵家の権力や後ろ盾、財産が王家のものとなる。だから王妃となる女性は、それ相応の身分や財力、権力のある家の生まれのものから選ばれる。うん、当然だろう。誰だってそうする。

「でも裏切れたじゃないですか。あら、おめでとうございます」

叫ぶ殿下の顔面に、私は大きく開いた掌を押し付け、そのまま力を入れて床に押し倒す。

背中から仰向けになるように倒れ込んだ殿下の上に馬乗りになって、私は剣に全体重をかけて、その首に刃を突き立てた。

が。

「ふざけるな!! ふざけるなふざけるなふざけるな!! 何が記憶喪失だ!! 何が、何が決闘だ!! 何が王位だ!! あぁ、ああ!! あぁ、ふざけるな!!」

殿下は剣を手放して、私の顔を殴る。

なりふり構わず、私の上に覆いかぶさり、何度も何度も私を殴った。

「俺のために生きるのが王太子妃だろう! 俺と共に歩むのが王太子妃だろう!! だというのに、お前はお前だけのために生きていた! お前が俺の妃になれば、俺はたった一人で生きることになる! お前のような女を、王太子妃になどするものか! お前がいなくとも、俺は王になれる!」

あぁ、そこか。

そこが、【ライラ・ヘルツィーカの裏切り】だったのか。

殴られながら、なるほど、殴りたくなる気持ちも少しだけわかる、と、そんなことを考えた。

ライラ・ヘルツィーカは努力家だ。その姿を想像することしか私にはできないが、私は彼女を立派だと思うし、とても好意を抱いている。

けれど彼女は、それがどんな事情があれ立ち位置であれ、思惑があれ、ダリオン殿下と共に歩こう、という、姿勢を見せなかった。

自分が悪役令嬢だと自覚して、いずれダリオン殿下が、婚約者が自分を裏切ると予感していて、それゆえに早々に見切りをつけていた。あるいは情を持ちながらも、完全に心を許しはしなかった。

それを私は、ライラ・ヘルツィーカの苦悩と受け取るけれど、まぁ、なるほど確かに、成人もしていない少年時代から、そんな女が未来の自分の妻、共に歩む伴侶だというのは、確かにまぁ、うん、それなりに、それは少し、気の毒なことだったろう。

「だから嵌めた。だから、公爵家、ライラ・ヘルツィーカを伴侶とするメリット全てを投げうってでも、彼女に報復したかった。ライラ・ヘルツィーカから何も与えられなくても、王位につけると証明して、ライラ・ヘルツィーカに舌を出したかった」

殴り疲れたのか、私の胸に頭を押し付けて獣のように呻いている殿下のつむじを見ながら、私はうんざりとした。

先ほど殿下がしたように、その顔を思い切り殴り飛ばし、しかし今度は馬乗りにはならず、私は立ち上がって、その頭を踏みつける。

「なら、そう言えばよかったじゃありませんか。この件でどれだけ人が死んでると思ってます？　村はまるまる一つ焼かれてるし、学園長なんて完全な被害者ですよね？　誰かを犠牲にしなければ王位につけなかったのなら、自分の自尊心だけ犠牲にして大人しく王位についとけ、としか思えませんが」

いや、本当。ここでいろいろ吐露《とろ》されても、それがなんだ、それがどうした、としか私には思えない。

なぜこんなことをしたのか、どうしてそうなったのか、というあれこれに確かに興味はある。だが関心はない。

「私の目的はただ一つ、ライラ・ヘルツィーカ貶めよう、なんて馬鹿なことを考え、しでかし、笑っている加害者にきちんと、ええ懇々と、丁寧に教えて差し上げることです――――【あなたの負けです。わたくしはこれっぽっちも悪くない】」

頭を足で押さえつけたまま、私は殿下の両腕を斬り落とした。

◆◇◆◇◆

「あれの命は奪わぬのか？」

血まみれのダリオン殿下が前国王と連れ出された後、謁見の間には私とアレシュ・ウルラ閣下、そしてお兄さまの三人が残った。

私の望んだ処罰を、二人は納得していないご様子だ。

「身分はく奪、両腕も元に戻らないまま塔で幽閉生活。アレシュ・ウルラ閣下の御世《みよ》にて裏切りの王子と散々広めてくださるようなので、えぇ、十分じゃありませんか？」

「塔に閉じ込める、といっても、環境は囚人のように劣悪じゃないし、衣食住がきちんと整えられることになるよ？　仮にも元王族となれば、貴族の隠居生活、くらいの扱いにはなってしまう。それよりも、その辺に棄てて好きに生きろ、ってした方がいいんじゃないかな？」

今からでも間に合うからそうしない？　と言うお兄さまに、私は慌てて首を振った。

「そんな……平民になったら幸せになっちゃうかもしれないじゃないですか」

「は？」

不思議そうな顔をされる。

ッチ、これだから、平民＝下位の存在で、貴族の方が良い環境に住んでいる、と思い込んでいる上流階級どもは。

「平民……一般人は良いですよ。感情そのままに他人とお付き合いできる、損得抜きで助け合うこともできる……うっかりダリオン殿下が、心優しいご近所さんと出会って世話を焼いてもらったり、うっかり腕の良い義肢技術者と出会ったりしたらどうです。こんな生き方もあったのか、と幸せになってしまうかもしれないじゃありませんか」

殿下の不幸は、王族に生まれたこと。それゆえに孤独だなんだと、自分の身分による責任を放棄するような寝ぼけた発言をかましてくれたが、平民落ちなんて、そんな殿下を幸せにしてしまう可能性を一番孕んでいるではないか。

「……両手もなく、職もなく、頼れる家もない者となるのだぞ？　そう都合よくいくものか。貧困の中で惨めに死ぬのではないか」

「ダリオン殿下は顔がいいから、たちの悪い奴隷商人や何かに目を付けられて売り買いされるかもしれないよ？」

「それこそ私たちにとってそう都合よくいくものですか。顔が良いっていうことは、女性から同情され庇護される可能性……それに、殿下はしっかり教養、学もあるんですよ。惨めに死んでしまう無学な浮浪者とは違います」

うっかり、あれ？　平民ってイイナーとか気付いてしまったら、生きる気力でも芽生えてしまったら面倒くさいことになる。

放逐しても、どこぞの貴族がいつか御旗にしようと匿ってしまうかもしれないし、あれこれ考えれば、平民落ちなんぞさせてあげられるわけがない。

「なので、塔の中で飼い殺します。生活水準は以前から多少下がる程度、衣食住は保証。両腕がなくて不自由な生活ですから、ある程度介護も入れましょう。でも塔の部屋からは出しません。ただ部屋の中で、起きて食事をして、排せつをして、食事をして、また寝て、そういう生活だけを一生送っていただきます」

両腕がないので、本を読むのもひと苦労だろう。

知識の更新もそう思い通りにはいかない。

手紙も代筆してもらわなければ書けない。他人とのやりとりには必ず「気の毒に」という憐憫《れんびん》を受けることになる。

「……なるほど、父上にも、その隠居生活をさせよう」

「自分の父親にそんな酷い生活を強いるとか、鬼ですか？　アレシュ・ウルラ閣下」

私がダリオン殿下に送っていただく生活の惨さを理解したうえで、よくも自分と血のつながった父親にさせようという気になるものである。

「私はまだ、もう少しはっきりとした報復を望んでいるのだけれど」

「お兄さまが私を凶器として放ったのですよ。私の切り口が思ったより鋭利で血が出なかったから残念だ、なんて顔をされましても、私がノコギリじゃなかったのは私の所為じゃありません」

生憎と、私は残虐思考は持っていない。

お兄さまは「私の人選に間違いはない、と思っているから、これ以上は黙ろう」と苦笑して肩をすくめる。

さて、と私は再びお兄さまにドレス姿に戻していただき、ドレスの端を軽く持ち上げる。

「アレシュ・ウルラ閣下、いいえ、新たなる国王陛下。以上でわたくし、ライラ・ヘルツィーカの名誉のための戦いは終わりでございます」

「そうか」

「いろいろな事情やら思惑やらはあると思いますが、わたくしのこの戦いは少なからず、アレシュ・ウルラ新国王陛下が玉座につかれたことに貢献しているのではないでしょうか」

「なんだ、褒美でも欲しいのか」

意外そうに、だが少し嬉しそうに言うものだから、私は伏せていた顔を上げてにっこりと微笑んだ。

「ちょっと、両手を貸していただけませんか？」

そう言うと、アレシュ・ウルラ国王陛下の表情が凍り付いた。

先ほどまでは、私がどんなお願いをするのか、楽しみに待っていた、たとえば……普段我儘を言わなかった子が、初めてテストで１００点を取ったから欲しいものがあるの、とおねだりをしてきたことを喜ぶような、純粋な喜びがあった。

それをわかっていながら、私はアレシュ・ウルラ国王陛下の善意を受けようとはせず、沈黙するその手を取って、篭手《こて》や手袋を外していく。抵抗はされなかった。

露わになったのは、男性らしい大きながっしりとした手だ。剣を振るう将軍職にあっただけあって、タコや傷があるものの、とても形の良い手だと、場違いにも感心した。

私はその両手を自分の首に当てる。

ダリオン殿下と戦って体温の上がった体には、くっきりと指の痕が浮かび上がっているはずだ。

そしてその痕は今、綺麗にアレシュ・ウルラ国王陛下のものと一致しているだろう。

「【ライラ・ヘルツィーカを殺したのは、貴方】ですね」

アレシュ・ウルラ国王陛下は何も言わない。

ただ、私の首に両手を当てたまま、じっとその青い瞳でこちらを見ている。

答えを求めているわけではなかった。

ただ、口にしてみるとそれは確信をもって確定されていくもので、私は小さく息を吐いた。

それを呆れや、あるいは失望からの溜息とでも思ったのか、ほんの少しだけアレシュ・ウルラ国王陛下の目に動揺が見られた。

私は一歩後ろに下がる。アレシュ・ウルラ国王陛下の手はそれだけで離れ、魔術的なものなのか、再びその手は黒い篭手で覆われた。

「其方はこの後、ライラ・ヘルツィーカ公爵令嬢として生きる。その身の名誉は守られ、其方が守った。ゆえに其方はこの世界にて、公爵令嬢として恙《つつが》なく、何もかも与えられ豊かに過ごせる」

「それは、お兄さまとアレシュ・ウルラ国王陛下の予定、ですね」

ちらり、とお兄さまに視線を向けると、金の髪の美しいイケメンはにっこりと笑った。

いつからか、どのタイミングかは知らないが、お兄さまとアレシュ・ウルラ閣下、新国王陛下は共謀していたのだと思う。

お兄さまと初めて会ったとき、ではないはずだ。あの頃のお兄さまはまだ単独犯だっただろうし、燃える村で私を見下ろしてきた時のアレシュ・ウルラ閣下の発言からしても、あの時はまだ二人の情報は共有されていなかった。

しかし、王位簒奪、このクーデーターの時には、二人は手を組んでいた。そして、この結末になることを望んだ、ように思える。

「妹のために戦ってくれた君へのご褒美さ。あちらの世界は退屈だろう？　こちらなら、美しい容姿に公爵令嬢という高い身分、有能な体や豊富な知識。素晴らしい生活が送れるよ」

元々、確かに私は【飽きた】という紙を書いて、異世界へ行くことを望んだ人間だ。魔法もあって貴族社会に所属できるこの異世界での生活、なんと魅力的だろうか。

とても素敵な生活が送れるだろう。

お兄さまはイケメンで、財力も権力もある。

新国王陛下は私に負い目を感じていらっしゃる。

こういう状況なら、良い待遇も受けられるかもしれない。

「いいえ、駄目です。結構です。これはライラ・ヘルツィーカの体で、この体で生きるのは彼女の人生。私は役目が終わったなら、元の平凡な私として生きますよ」

「待て、この世界に留まらぬのか」

私の腕を強く、アレシュ・ウルラ閣下、じゃなかった、新国王陛下が掴む。

「なぜだ。異世界から来る者は皆……こちらの世界の方が良いという」

そういえば、こっちの世界は『飽きた』という紙での異世界召喚、というか魂の転移が、罪人の処刑方法の一つとして行われているのだったか。そして異世界人の知識は国の宝として扱われる。

それなら、王族で成人しているアレシュ・ウルラ閣下は、罪人と交換されてこの世界に来た異世界人と会話をしたこともあるのだろう。

私はアレシュ・ウルラ閣下の腕を払う。

「いや、だって、私はライラ・ヘルツィーカじゃないですし」

「そうよ、あなたはライラ様じゃない。だから、その体はわたしに頂戴」

聞き覚えのない声がした。

ドン、と、背中からの衝撃。目の前のアレシュ・ウルラ閣下が驚きで大きく目を見開いている。いや、閣下じゃなくて、新国王へい……あぁ、もういいかどっちでも。

体に力が入らなくて、そのまま膝を崩した。胸から剣が生えて、いや、これ背中から刺さってるのか。どうなっているのか、と振り返る。

「ライラ！！！」

お兄さまが叫び、私の背後にいる人物を引き離そうとするけれど、私に剣を刺した……桃色の髪の少女は、私の体をしっかりと抱きしめた。

「ライラ様から出て行きなさい。そしたら、わたしがライラ様になる。お美しくて、誰よりも

強いライラ様に、わたしがなるの」

いや、ちょっと待って、誰？

低い声で呪詛《じゅそ》でも吐くように囁かれ、私の視界はぐるぐると回る。

耳から毒を流し込まれるような、吐き気がした。

やばい、この女。なんだかよくわからないけど、やばい。

ただ人間的におかしい、というだけじゃない。なんとなく、この少女の中からよくない気配がする。何かどす黒いものが、彼女の内からあふれてくるような。これはよくないものに成る。

「アレ、シュ、かっか」

私は剣を構えるアレシュ・ウルラ閣下を見つめ、瞬きをした。

一度、閣下が唇を噛み締めるのが見えた。最初は容赦なく私の腕を潰したりした男の反応とは思えない。

そして、剣が私と背後の少女に振り下ろされた。

告解・王太子ダリオン

　さて、ごきげんよう。俺はダリオン。

　この国の第二王子のダリオン。


　幼い頃のダリオンは、ただただ純粋に生きていた。

　王宮で、常に美しいもの、豪華なもの、贅沢なものに囲まれ、多くの侍女、多くの使用人たちにかしずかれて、王家の宝であると大切に扱われてきた。

　自分は世界で最も重要な存在なのだと、幼いダリオンは信じていて、ある時、母が可愛い婚約者を見つけたと笑って教えてくれた時、ダリオンは「ぼくのお嫁さんになれるなんて、幸せな子だね」と母に返した。

　その時わずかに、母の顔が引きつったのをダリオンはよく覚えている。正確にはダリオンがそのあと「ぼくは王さまになるんだから、その子はもう何もしなくても、この国で一番幸せになれるんだから」と言ってからだが。

「……ぼくの、お嫁さんかぁ」

母に婚約者の存在を聞いてからのダリオンは、目に見えて浮かれていた。

「ねぇ、ぼくのお嫁さんは、つまりえっと、母上にとっての父上みたいに、ぼくのことを見る人ってことだよね？」

肖像画が届けられるのを今か今かと待ちわびながら、ダリオンは暇さえあれば侍女たちに婚約者の少女の話を聞いた。

「はい、その通りでございます、王太子殿下。かのご令嬢は殿下のお母上、王妃様がそうでいらっしゃいますように、殿下の全てに関心を持ち、殿下の御心を一番にお考えになられる方でございます」

「ふふ、そう。へへ、そう、かぁ」

王妃にとって一番大切なのは王様だと、ダリオンはよく知っていた。母は父の全てに関心を持ち、父がどうしたいのか、どう考えているのかを何よりも大切にしている。だからダリオンは、自分が母の一番でないのは仕方のないことで、だからこそ、自分のお嫁さん、自分を一番に思ってくれる存在がついに現れることを喜んだ。

直接会えたのは、母に婚約者が決まったと教えられてから二年後。二年の間、ずっと彼女のことばかり考えていた。

「ごきげんよう、ダリオン殿下」

十歳になったばかりの、小さな女の子。

ちょこんと丁寧にお辞儀をするのが可愛らしく、ダリオンは「ふふ」と笑ってしまった。自分の手の中にいる小鳥がさえずったのを思わず微笑するような、勝手な親愛を込めた愛情表現の一種であったけれど、嗤われたと思った令嬢は眦《まなじり》をわずかに吊り上げる。

美しい公爵令嬢。

愛らしい婚約者。

ライラ・ヘルツィーカ。

ダリオンはその時から、いや、二年前から、すっかりライラ・ヘルツィーカのことが好きになっていた。

それも当然。何も知らないも同然の相手であるから、ただ婚約者という身分を受け入れてくれたという【確実】な事実から見えるのは、《彼女はぼくを一番に想うと決めたんだ》ということ。

幼い子供。母の愛情を一身に受けているとはいいがたい、歪《いびつ》な親子愛。王族という性質ゆえに仕方のないことかもしれないけれど、そういう身の上、ある種の価値感、思い込み、妄想の果て。

《これはお前を裏切らないよう躾けてあるよ》と、リボンで飾られた鳥かごと、その中の駒鳥を渡されれば、無条件に【好きになっていい】と安心感を抱くもの。

だというのに。

「殿下は王太子としてどう生きるおつもりか、お考えになりませんの？」

自分の何もかもに関心を持って、肯定してくれるはずの可愛い乙女は、思った感じと少し、いや、かなり違った。

ライラ・ヘルツィーカ。

公爵令嬢。

王族や、その配偶者となる者を教える教師たちが口を揃えて【あのご令嬢は素晴らしい】と褒めそやした。

ダリオンが一冊読み終える前に十冊読み、ダリオンが一つ問題を解く前に十の問題を解く。

才覚だけではなく、努力をなさる方だと認められ、まさに、まさしく、王太子妃に相応しいお方です、良い方を迎えられましたな、と、彼女の優秀さがダリオンの手柄であるように言祝《ことほ》いだ。

違和感。

その頃からふつふつと、ダリオンの中に何か、妙な思いが湧いて出た。

けれど、なんだろうか。幼い、世間知らずの王子に、その感情の名前はわからない。

自分よりライラ・ヘルツィーカが褒められるから《妬ましい》のか？

【いいや、違う】、それはない。それは、なかった。

むしろ、彼女がどれだけ努力しても何をしても、何もかも、その全ては《ダリオン王子のためにしている。そこまでさせるダリオン王子は素晴らしい方だ》と、そうなることへの憐憫が、多少はあった。

彼女と話す。ライラ・ヘルツィーカと話す。笑い合う。互いに、お互いが将来の相手であると理解している者同士、友情のようなものをダリオンは確かに感じてはいた。

だけれどなんだ。

だというのに、なんだろうか。

違和感。

ライラ・ヘルツィーカが何もかも、ダリオンのため、自分のために努力と苦労をしてくれているのに、なぜだろうか。

ダリオンはこれっぽっちも、ライラ・ヘルツィーカが「ダリオン」に関心があるように感じられなかった。

そんはずはないのに。

そんなことを思ったら可哀想だと、ダリオンは自分を叱った。

ライラ・ヘルツィーカは王太子であるダリオンの妃になると決まっていて、そのために必要な勉強をしてくれている。彼女の美しさも聡明さも何もかも、ダリオンの隣に立った時に、ダリオンが王冠を身に付けて示す威厳に華を添えるためのものだというのに。

ライラ・ヘルツィーカこそがこの世で最も、ダリオンに関心を持ち、関わろうと心を込めてくれる存在であると決まっているのに。

「うんざりだ。君は、ライラ・ヘルツィーカ、君はいったい、何様なんだ？」

ある時ふと、学生になったダリオンは学園内でちょっとした小言を言ってきたライラに言い返した。

確か、些細なこと。ダリオンが、学園内で自分専用の場所を作って、そこには伯爵家以上の人間でないと立ち入れないようにしよう、と、言い出したのを、咎めてきた。

「あれこれと口を出してきて、自分が一番正しいと思っているのか？　俺がのんびり何も考えないで無駄に生きてると思っているのか？　自分ばかりが優秀で、俺を助けてやろう、なんとか正してやろう、なんて思っているのか？」

鬱陶しいと、うんざりだと、頭を振り、身振りで大げさに【お前が嫌だ】と示してみた。

彼女が自分のためを思って言ってくれているのだろうと受け取ってきた言葉を全て、もう必要ない、いらない、邪魔だ、と跳ねのけた。

傷付く顔をするのだろうと、そう信じた。

拒絶。

否定。

彼女が婚約者としての愛情から投げてくれる言葉を遮断したら、きっと彼女は酷く悲しい顔をするのだろうと、そう期待した。

だというのに。

「王太子として、なさるべきことをなさっていないから、ご忠告申し上げているのですが」

傷付いた顔はもちろん、呆れた顔さえしなかった。

ただ淡々と、いつものようにやや吊り上がった青い目を向けてくる。

彼女の言葉、彼女の意見、彼女の苦言が正しいものであることはダリオンにもわかっていた。

わかっていて、湧き上がるのは拒絶。

(あぁ、そうか)

嫌だった。

単純に。何よりも。言い方が嫌なのだ。

言っている言葉は正しい。かけられるべき言葉であることはわかっているが、それにしても、優しさがないと、突っぱねたい。

「それにしても、僕のような者にはまるで理解ができませんよ。そのままぼんやりしていたって、玉座が転がり込んでくる立場であるというのに。どうして、こんなことをやらなければ気が済まないのです？」

褐色の肌に金の瞳。口調ばかりはどこまでも慇懃《いんぎん》な青年は、ダリオンと同じく王子という立場ではあるが、母が奴隷である。そのため幼い頃から宮殿の中で居場所がなく、母ともども隅に追いやられてきたのだとダリオンに語った。

隣国に留学に来たのも、国内では作れない味方を得るためだとか。

つまりヤニ・ラハ王子は、こうしてダリオンの共犯者になることに利点は多くあるが、その分、王太子のダリオンには何があるのかと、疑問に思ったようだった。

「今更なんだ。怖気づいたのか？」

明日にはドロシーが学園の鍵を手に入れて、国境沿いまで逃げていく手筈《てはず》になっている。上手くいけばこの国の魔術の知識の詰まった学園の鍵をヤニ・ラハは手に入れられるし、失敗したとしても、ダリオンが王位に着けば後ろ盾となり、自国での扱いを今よりマシなものにしてやると約束している。

「いいえ。ただ単純な興味、疑問、好奇心ですよ」

ダリオンは別にヤニ・ラハが怖気づいて裏切る、あるいは今更協力を渋ったところで問題はなかった。ただ、裏切らない男だというのもわかっていた。

（母親が下賤《げせん》の身であるというのは不幸なことだな）

王子という立場も、歳も同じ。だというのに、生んだ女の身分が違うと、こちらは大国の王太子で、あちらは冷遇される役立たずという身分になる。

学園での成績は、ヤニ・ラハの方がわずかに座学は優秀だった。しかし、総合的にはダリオンの方が上だ。自国でロクに教育を受けさせてもらえなかったというヤニ・ラハは、学園での生活を「まるでここは楽園のようですね」と喜んでいた。

ダリオンは生まれてからずっと、アレシュ・ウルラを見てきた。あの男の母親も、側室という身分を弁《わきま》えずに王妃であるダリオンの母より先に王子を生み、その罪により離宮で冷遇されている。アレシュ・ウルラは幼い頃から、少しでも母の待遇を改善してもらおうと、戦場を駆け回り手柄を欲していた。

（子は母の不幸を拭うためなら何でもする）

それが、アレシュ・ウルラやヤニ・ラハを見て、ダリオンが学んだことだった。だからヤニ・ラハは裏切らないだろう、とも。

「君からすればそうだろうな。このまま黙って、何もせずにいても俺は王になる。そのための何もかも、俺の母が俺のために用意してくれたものだ」

息子に守ってもらうしかない力のない女たちと違って、ダリオンの母は強かった。王妃である母は、自分の息子を王位につけるために、息子のために何もかもを用意した。

強力な公爵家の後ろ盾。美しい婚約者。潤沢な資金。

それは愛情からではないことをダリオンは知っていた。女の意地、執念というものだとわかっていた。

「……」

ダリオンはヤニ・ラハを見て、アレシュ・ウルラを連想する。ダリオンは彼らの母のような女たちが嫌いだった。

王族が一人の女のみを妻にするわけではないことは理解しているが、王妃以外の女たちは皆、弁えるべきだろう。身の程知らずにも、正当なる妃を差し置いて先に子供を生んだり、あるいは、妻ですらない奴隷の身でありながら王の子を孕んだり、恥知らずにもほどがある。

気の毒な王妃は自身の何が至らなかったのかと、思い煩い、自身の子への愛情も抱けず、ただ、これ以上出し抜かれないようにと、そのことばかりに人生をかける。

「俺は自分の力で、才覚で、王位につけるという証明をしたいだけだ」

「美しい公爵令嬢をあえて突き放してでも、ですか？」

ヤニ・ラハのその疑問は、手を組もうと誘ったその時にも問われたことだった。

なぜ、他国の力のない自分を共犯者に選ぶのか。共犯者にするのなら、婚約者である公爵令嬢、ライラ・ヘルツィーカ嬢が相応しいのではないか、と。

矛盾。

「……あいつが気に入ったなら、君が国に連れて帰ればいい。どうせこの国にあいつの居場所はなくなる。あいつも喜んで付いていくだろうさ。あいつは王子妃になれれば、俺だろうが、他国の王子だろうがなんだっていいやつなんだ」

ダリオンはライラ・ヘルツィーカと婚約破棄をする。

言ってしまえば、全ての目的はそこなのかもしれないが、ヤニ・ラハ相手にそこまで言うつもりはなかった。

◆◇◆◇◆

「あぁやったぞ！　俺は、あいつに勝ったんだ！」

企みの何もかもがすっかり上手くいった、というわけではない。ダリオンは自分が凡夫であることをわかっていた。だから、隣国の王子を唆してこの国の秘密を持ちださせようなんて大それたことが、実際に成功するとは思っていなかった。

けれど、だけれども。ダリオンの目的は何よりも、ライラ・ヘルツィーカを、自分の婚約者を、未来の伴侶を、共に歩むと約束し合ったはずだった友を突き落とすことだった。

学園の中庭で、断罪した。

学園の鍵を盗み出した大罪人として扱って、そして、不当に平民の女子生徒を害したと。醜い嫉妬心を抱いて醜態をさらした無様な女だと貶めた。

事実がそうではないことをダリオンは誰よりも知っている。知っていて、お前はそんな女なのだと突きつけてやって、勝利した。

体格の良い男子生徒に押さえつけられ跪かされるライラ・ヘルツィーカの青い目には、ダリオンへの敵意が浮かんでいた。

失望の色はない。まるで「やっぱり」というような、確信のような色。

それがダリオンには腹立たしかった。まるで最初から、ダリオンが裏切ることが彼女の中では確定していて、今日この日が来ることをわかっていたから、ライラ・ヘルツィーカはダリオンに対して、誠実ではなかったのだと言わんばかりの目だった。

無言でお互いに、目だけで罵り合うような沈黙だった。

ダリオンが彼の知る、彼の婚約者であったライラ・ヘルツィーカと会ったのは、それが最後になった。

14章　私が、私です

目を覚ますと朝だった。

いつの間に眠っていたのか。カーテンの隙間からは明るい朝日がもれている。

私はパチリ、と目を瞬かせ、スマートフォンで時間を確認した。

アラームの鳴る六時より少し早い。今日は朝のミーティングがあるから少し早めに出社しなければならないし、まぁ、目覚めてしまったのなら観念して起きよう。

「なんかすっごい、長い夢を見てたような……あれ？　なんだっけ、この紙」

掌にぎゅっと握っている四角い紙には『飽きた』、と書いてある。

「あー、そうだ、確かなんか、異世界に行けるみたいな……紙がなくなってたらそこはもう異世界ですよ、みたいな説明だったけど……うん、まぁ、普通に無責任だよね」

そんなお手軽な方法で異世界に行けたとして、その場合、自分は失踪扱いになる。すると家賃滞納で、保証人である実家への連絡やら、事後処理を身内にブン投げることになるわけだ。

冷静に考えると、無責任極まりない。

私は顔を洗って身支度をし、いつも通り出勤した。電車に乗って、会社について、朝のミーティングに参加し、特に発言もせず、否定もせず。

いつもと同じ、平々凡々な生活。

仕事は何の問題もなく定時で上がり、私は電車の中で、ふと気になった単語を調べた。スマートフォンで検索すれば、たいていのことはすぐにわかる。

検索するワードは【乙女ゲーム】【攻略対象　ダリオン】【ヒロイン　ドロシー】だ。

情報はＳＮＳで誰かに聞かずとも、いくつかの単語をそのまま検索にかければ判明した。

数年前に発売された乙女ゲーム。

それなりに人気は出たが、思ったより売れず、続編があるんじゃないかと囁かれながらも一作で終了したらしい。

目的のものがわかったので、私は真っすぐに家には帰らずに、確実に手に入るだろう秋葉原へ向かう。オタクの愛する街、アキハバラ。

電車を降りて、外には出ずに、中央改札口からすぐ入れる大型の家電量販店へ。目的の階までエレベーターで行けば、出てすぐに、頭上にゲーム販売コーナーの文字が見えた。

その中の、女性向けゲームコーナーの方へ行き、目当てのゲームを手に取って、お会計を済ませた。

幸いにも、ハードは持ち歩きタイプのものだったので、私はお店を出るとすぐに開封して、鞄から出したハードに突っ込んだ。

起動まで時間がかかるので、取扱説明書、というか、ゲームの登場人物の簡単な説明が書いてある紙をパラパラと読もうとして、どん、と人にぶつかった。

「あ、すいませ……」

「それをプレイすると君は死ぬんだけど、それでもする？」

いくら楽しみにしてたからと、ながら歩きはよくない。

申し訳ないと、即座に謝ろうと顔を上げると、銀髪のイケメン……お兄さまがいらっしゃった。

◆◇◆◇◆

「お兄さま」

「覚えていてくれたんだ」

夢扱いにされなくてよかったよ、と笑うお兄さまは、輝く貌の銀髪外国人だが、きちんとスーツを着ている。

立ち話もなんなので、私はお兄さまと、開店直後の飲食店に入った。昭和通りを越えて、総武線を頭上にし浅草橋方面へ進んだところにあるお店は、この時間はあまり人が入らない。

「アレシュ・ウルラが君に会いたがっているよ」

簡単な注文をして、最初の飲み物を口にすると、お兄さまは一番にそう話した。

「途中からなんとなく気付いてはいましたが、なぜアレシュ・ウルラ閣下は私への好感度が上がったんでしょう」

仕事の合間にも考えてみたが、アレシュ・ウルラ閣下のクーデターの引き金は、どうやら私と牢の中で話したこと、のように思える。

「あれは君のためだった、と？」

「全部が全部、じゃないでしょうけど、私にとって都合が良すぎました」

そもそも名誉を守る、名誉を回復するというのは、一人では不可能だ。名誉は周囲から得られるもの。私がいくら守ろうと躍起になっても、ダリオン殿下を打ちのめしても、それを認める者、広める者がいなければあまり意味がない。

「私にとっては、アレシュ・ウルラ閣下のお父上より、アレシュ・ウルラ閣下ご本人が王位についてくださっている、という方が、ライラ・ヘルツィーカの名誉は守られたままでいるので……」

ライラ・ヘルツィーカを殺した負い目から？　いや、そんな負い目があるのなら、私とあの燃える村で出会った時に、ゴミ屑を見るような目をしてはこなかっただろう。

アレシュ・ウルラ閣下は、ライラ・ヘルツィーカのことを疎んでいた、あるいは嫌悪してい
た、とそのように思う。

「そういう、ちょっとまだわからないことを知るためにゲームをプレイしようとしたんですけ
ど……これプレイすると死ぬんですか？」

どんな呪いのゲームだ、それは。

私が顔を引きつらせると、お兄さまはアンディーブのサラダを綺麗に取り分けて、レモンと
チーズのドレッシングをかける。

「私はそのゲームがどんな内容か、どんなものかは知らないけどね。君がそのゲームの知識を
得ると、君は死ぬ。死んで、こちらの世界に転生するようだ」

「へぇ……」

私はそっと、買ったばかりのゲームをハードから取り外し、立ち上がる。

そのまま地面に置いて、ヒールの踵で全力で踏んだ。

「セイヤァッ！」

「……異世界転生っていうのは、憧れるものじゃないのかい」

パキン、と割れるゲームの欠片を残さないように回収し、入っていた袋に詰めて鞄に仕舞う

と、お兄さまが首を傾げる。

「今の私のまま異世界に行けるならいいんですけど、転生とか、それこそライラ・ヘルツィーカに成り代わっての人生、というのは魅力を感じません」

「今の君のまま？　美しい容姿になりたくないのかい」

じっくりと、上から下までお兄さま、いや、もう兄じゃないので、ハヴェル・ヘルツィーカが眺める。美しい顔の男性に自分の容姿を見られることに羞恥心が芽生えた。私の顔は平凡で、体形も特筆すべき点はない。仕事帰りのスーツ姿に、化粧っ気のない顔。女性らしいと言えるのは、長い髪を後ろで束ねていることくらいだが、その髪にしても、十分な手入れをされているわけではない。

私は夢の中で見た、あの美しいライラ・ヘルツィーカの容姿を思い出す。

彼女はとても魅力的だった。美しく賢く、そして強い。

しかし、彼女になれる、というのは、今の私からすればあり得ないほど、素晴らしいことだろうか？

「いや、でも、私じゃないですし」

一度あちらで動いたからこそ、私はその一点が腑に落ちない。

それ、私じゃないよね？

転生して意識がきちんと、その体が自分のものである、という自覚があればいいけれど、そうじゃないのなら、着ぐるみでも着ているような気分になる。それか異世界人のコスプレだ。

私は丁重にお断りをし、ハヴェル・ヘルツィーカもそれ以上は言ってこなかった。

なので私は、この輝く貌の銀髪イケメンと外食を楽しむことにする。ハヴェ……いや、もういいや面倒だ、お兄さまはこちらの食文化を楽しみ、意外に大食家だったようで、ピザを一枚ぺろりと平らげ、シェアしようと思っていたミートスパゲティも一人で片付けた。私はその見事な食べっぷりに感心し、次は、とあれこれ注文していく。

なんでも、こちらへ来る魔法はとても大変なもので、お腹が空いてしまったらしい。

あちらの世界でのあの後の話もたくさん聞けた。

アレシュ・ウルラ閣下のクーデターは案外すんなりと受け入れられ、特に混乱もなく国は機能しているらしい。

前国王陛下は幽閉しようとしたが、王妃様が必死に嘆願して、王妃様のご実家のある領地で監視付きの隠居となった。領地からは絶対に出ない、という約束で。出ればお兄さまの魔術が発動して四肢が溶けるらしい。何それ怖い。

ドロシー嬢がどうなったのかは、一言も出なかった。聞かなかったから、ではなくて、故意に出されていないような気がする。

「そういえば、あの村の生き残りの少年ですが……彼はなぜ銀髪の貴族が村を襲った、などと証言したのでしょう？」

あれこれ推測できるが、答えが知りたくて聞いてみる。

「あぁ、彼はダリオンと取引をしていたようだよ。そう証言したら、今後の生活を保障する、とね」

「村で、ダリオン殿下は一足先に帰る、とかで、私とアレシュ・ウルラ閣下から離れましたから、その時ですね」

なるほど、保護され意識を失い、そのまま王都へ連れていかれたと思っていたが、あの時、治療を受けながら一度は目を覚ましていたのか。まぁ、ダリオン殿下あたりが吹き込んだのだろうとは思っていたけれど。

食事と歓談を終えて、お会計を済ませる。

「また来てくださいますか？」

楽しかった。

久しぶりに誰かと楽しく話して、食事をしたと思い出し、私はお兄さまに尋ねる。

「私は君の幸せを誰よりも願っているから、もうここへ会いには来ないよ。それに、こっちに来るのはとても疲れるんだ」

そう言って、お兄さまは私の手を取った。

「きちんとお礼を言えなかった。だから来たんだ。ありがとう、君のおかげで妹の名誉は守られた。私の世界であれば私は君の願いをなんでも叶えられるけれど、こちらの世界で私ができることは何もない。こちらの金銭も持っていないしね」

お会計は私持ちだったが、それは別に気にすることではないと思う。

「お兄さまみたいなすっごい顔の綺麗な人と面白おかしく食事ができたとか、最高の思い出なので、私は十分です。あ、でも、そうですね、一つお願いが」

私はスマートフォンのカメラを起動させて、お兄さまの写真を撮らせてほしいとお願いする。

「一緒に撮らなくていいのかい？」

「こんな綺麗な顔の人と私が写ってるとか耐えられません。単品でお願いします」

ぱしゃり、と写真を撮ると、お兄さまは興味深そうに画面を覗いた。

「これは、この機械がなければ持ち歩けないのかな」

「いいえ、すぐそこのコンビニでプリントできますよ。欲しいんですか？」

「姿絵ならあちらも魔術で作ることができるから、私のものはいらないよ。君のものが欲しいんだ」

「絶対に嫌です」

私は自分の容姿が嫌いなわけじゃない。

清潔感のあるように気にはしているし、自分で自分の顔は嫌いではない。

だが、この反則級のイケメンが私の写真を持つ、そもそも、私の顔が写真に残る、という……苦行でしかない。成人式の写真以降、私は写真なんぞ撮ったことがない。証明写真は除くが。

「アレシュ・ウルラに見せたいんだ。君のことをとても気にしていたからね」

「なるほど。なぜか仄《ほの》かに芽生えてしまった心を粉砕するため、ですね」

確かに、いずれお妃さまを得ねばならない国王陛下が、誰かに懸想しているというのはよくない。さすがはお兄さま。きちんと今後の国のことを思ってらっしゃる。

ライラ・ヘルツィーカの美しい外見の私ではなく、この平たい顔民族の、この、ビジネススーツ、色気の欠片もない、今のこの私を見せて『あ、気のせいだったわ』と打ち砕くためか!!

……悲しい。

しかし、これも人助け、と私はなるべく……不細工ではないように、しかし上目遣いの斜め上からという詐欺写メにすることもなく、加工もせず、正面からの一枚と、全身の一枚をお兄さまに撮ってもらい、コンビニで印刷した。

お兄さまはそれを大事そうに受け取り、綺麗なレースのハンカチで包んで（お兄さまのもののではなくて、ライラ・ヘルツィーカの遺品らしい）胸に仕舞うと、人気のない路地に入って、私に最後のお別れを言ってくれた。

魔法陣が現れ、そのままお兄さまの姿は消える。

この、現代日本で起きる光景としてはあまりに脳の情報処理が追いつかないけれど、まぁ、それはいい。

そのまま電車に乗って自宅に戻り、明日はお休みだから、と部屋で一人二次会を開始した。お兄さまと一緒だと大口あけてバクバク食べられなかったので、宅配ピザも頼んで、今度はたらふく食べよう、という寸法だ。

スマートフォン片手にビールを持って、部屋着になればとても楽だ。

ゲームをプレイしなければ大丈夫だろうと、私はスマートフォンで例の乙女ゲームの登場人物設定を調べ始める。公式のサイトではなくて、皆大好きウィキペ◯ィアでの人物詳細の方が、ゲームのネタバレなんかも書いてあって読みやすいだろう。

「……そういや、結局……アレシュ・ウルラ閣下は攻略対象じゃなかったのか？」

まず気になるのはそのことだ。

あれだけ濃いキャラクターと、あの顔で……攻略対象じゃない、というのは、乙女ゲーム的にあり得ないのではないか？

こうして日本の自室にいるからこそ、あの世界がゲーム、乙女ゲームで攻略できる、と客観的に判じ考えることができる。

「……いや、ちょっと待って。そもそも……前提がおかしくない？」

ふと浮かび上がる疑問。疑惑。違和感。

「……」

私はぐるぐると目まぐるしく、これまで得てきた情報を整理した。

【私とライラ・ヘルツィーカの魂は同一人物であり、過去であり未来である】

【ライラ・ヘルツィーカは死んだ日本人が転生した現地人である】

【私、木間みどりが死んで異世界に転生する＝ライラ・ヘルツィーカになる〝条件〟は、乙女ゲームの知識を得ることである】

「……ライラ・ヘルツィーカは、私が死なないと生まれてこない。そして、それは、私が乙女ゲームの知識を得て死ななければならない」

違和感。

疑問。

不信感。

疑惑。

悪寒。

叩き折ったゲームディスク。お兄さまによって知らされた〝条件〟の情報。

【木間みどりとライラ・ヘルツィーカの魂は同一人物であり、過去であり未来である】

「繰り返してるんだ……」

ぞわり、と、私の背筋に悪寒が走った。

ピンポーン。

と、そこで、私の思考を遮るようにインターホンが鳴る。

「あ、ピザ。そう、ピザ……ピッツア……」

注文したピザが来たようだ。

いや、今はそれどころではないのだけれど、その私の混乱と、善良なピザの配達員さんの職務には何の関係もない。

私はお財布を持って、玄関へ向かい、そのままガチャリ、と扉を開け、そして閉めた。


ドン、ガチャガチャガチャ!!

素早く鍵を閉め、必死にドアを抑える。

「なぜ閉める、ライラ・ヘルツィーカ!!」

「ノン！　ライラ・ヘルツィーカ!!　なんでいるんです！　アレシュ・ウルラ閣下!!　あ、今は陛下!!」

◆◇◆◇◆

「お兄さまはスーツ姿で来る、という常識を持っておりましたが、なぜ閣下は鎧姿なんでしょうか。せめて……装備なしっていう選択肢はなかったのでしょうか？」

共同廊下で騒いでいると通報されかねないので、私は仕方なく、現れた漆黒の鎧の外国人、いや、異世界人……王位についたんだろう何してるんだ、なアレシュ・ウルラ閣下を部屋に入れた。

物置か？　と失礼な感想は予想していたので聞かなかったことにし、閣下にはソファに座っていただく。なんで武装して異世界に来るんだ。というか、閣下も来れたのか。

「つい先ほど、ハヴェル・ヘルツィーカさんと別れたばかりなのですが」

「そうであるか。こちらでは、ハヴェルが異世界より戻ってからひと月が経っておる」

時間が同じ、というわけがないのはわかっているが、疲れているんですが、という主張をせずにはいられない。

とりあえずお茶でも出せばいいのだろうか。

「長居するつもりはない。要件のみ告げる」

「はぁ」

「求婚しに来た」

「ちょっと意味がわかりません」

ライラ・ヘルツィーカの名誉のためにお上品にする必要はないので、私はとても素直に感想を漏らす。

「私には妃が必要だ」

「あ、なるほど。それで、私にもう一度ライラ・ヘルツィーカの体を使って動いてほしいんですね」

ダリオン殿下も、ライラ・ヘルツィーカを婚約者にすることで、王太子としての立場を固いものとしていたらしい。

新国王陛下も、彼女を妻にするメリットを得たい、というのだろう。

「自分で殺した女を妃にする、というのは、随分度胸がありますね」

「其方に求婚しておるのだが」

「嫌ですよ。確かに銀髪美少女の着ぐるみは綺麗でいいですけど……」

「ライラ・ヘルツィーカの体に入れとは申しておらぬ」

「……つまり、他の死体に入れ、と?」

「なぜそうなる」

心底不思議そうな顔をされる。

「其方に言うておるのだ。そうだな、其方の世界での言い方だと……サンショクヒルネツキヲホショウスルノデヨメニコイ、と言うのであったか?」

誰だ、そんな奇妙な知識を異世界に伝えた日本人。

突っ込みたいが、真面目な顔で、跪きながら言われるものだから、私は毒気が抜かれた。

「……それでは、真剣にお答えしますが、絶対に嫌です。そもそも、私が閣下に好意を持つ理由がまるでありません」

初見は最悪。

その後の態度も良くなかった。

後半はまぁ、こちらに誠意を持っているのがわかったが、だからといって、結婚相手にＯＫかと言えば、絶対にＮＯだろう。

「そうか」

真剣に答えたからか、アレシュ・ウルラ閣下は静かに頷いた。ガチャリ、と鎧が鳴る。

そのまま立ち上がり、また玄関から出て行こうとするので、私はそれを引き留める。

「ちょっと待ってください。閣下も……魔力をたくさん使ってきたのなら、お腹が空いていらっしゃるのではありませんか？」

「……」

肯定はしてこなかった。まぁ、素直に空腹、というようなタイプではない。

私はデリバリーでピザを頼んだこと、とても大きいサイズなので、男性にも手伝っていただきたいと告げる。

「其方の食事であろう」

「まぁ、そうですけど。そういえば閣下とは、牢の中で食事の話をしましたよね。どうです、ご一緒に」

鎧姿で部屋から出るところを誰かに目撃されるのはまずい。それなら満腹になって、ここで異世界へ帰っていただこうと、再度閣下を座らせる。

「とりあえず、その鎧って脱げないんですか？」

「確かに、この物置では邪魔であるな」

物置じゃない、私のマイルームだ。

こういう価値観の違いすぎる相手との結婚も、まず無理だ。うん。

閣下は魔法か何かで、するり、と装いを変える。私が置きっぱなしにしていた雑誌の表紙に載っているモデルのお兄さんの恰好だ。うん。顔の良い男は何を着てもよい。

デリバリーが来るまでと、私はビールを出そうか躊躇った。

お酒はよくない。お兄さまも飲んでいなかった。酔って魔法が使えなくなったら困る。

でも私はビールが飲みたい。

なぜ自宅でこんなに緊張しなければならないのか。自宅はくつろぎの場ではないのか。

いや、閣下を食事に誘った私が悪い。

「私に酒は不要。其方は好きに飲むとよい」

ビールの缶を凝視しながら難しい顔をしていると、閣下は気遣ってくれたのか、そんなありがたいことを言う。

「いえ、お客さまにお茶を出して自分だけ、というのはちょっと……」

結局、一杯だけ閣下にも付き合っていただくことになった。

コポコポとガラスのカップにビールを注ぐ。飲んだことはありますか、と聞くと、この世界に来たこと自体初めてなので、飲んだことはないそうだ。申し訳ない。初めての異世界がこんな一般人のワンルームでの食事で、本当に申し訳ない。

「其方に力を貸してほしいことはがあるのだ」

つまみには、お中元で頂いたハムを焼いてお出しした。あと燻製《くんせい》チーズとか、カル○スとか。

閣下はあまりお酒に強くないのか、コップのビールを半分ほどで少し顔が赤くなってきている。

それで、口も軽くなったのかもしれない。

「何かまた問題があるんですか？」

「隣国との交渉があまり上手くいかぬ」

「あぁ、そういえば、結局真っ黒でしたもんね」

ダリオン殿下が隣国と手を組んだ、ということまで確定されてしまったのがあの決闘だ。隣国がこちらの王太子と組んで公爵令嬢を陥れた。その公爵令嬢が、私は詳細は知らないが、結婚相手になれば、その伴侶が王位確定できるほどの影響力あるいは後ろ盾のあるご令嬢。そりゃ、落とし前を付けなければならない。

「表向きは妃として、実質は人質として、あちらのお姫さまを閣下のお嫁さんにされたらどうです」

「そのようなことをしたら、その姫はその日のうちにハヴェルに消される」

お兄さま怖いな。

あちらは恭順の証として差し出す気らしいが、アレシュ・ウルラ閣下にメリットはないらしい。まぁ、あれかな。お妃さまにしたら、その子供には王位継承権も生まれるし、隣国との関係をどうするかはわからないが、あまりいいことではないのかもしれない。

「どうせ差し出すなら、姫の首ではなく、件の王子の首を寄越せと再三申しておるに」

姫さまは死ぬこと確定ですか。

可哀想すぎるので、姫さまはあの国に行かないで長生きしてほしい。

いろいろ思い出しているのか、ぐびぐび、と閣下がビールを飲む。まぁ、面倒くさいと飲みたくなる気持ちはわかる、と、私は空になったコップにビールを注いでいく。

私も飲みはじめ、そしてピザが届いて、アレシュ・ウルラ閣下が「チーズはこのように伸びるものだったのか……」と妙なショックを受けながら食べてくれ、ビールの缶がどんどん開いていく。

「……」

無言で飲食を続けながら、私はこのままこの方について異世界に行ったら、死ぬ選択を自分で選ばなければならない状況に陥るんだろうな、と推理していた。

ライラ・ヘルツィーカが異世界に生まれる条件は、私、日本人の木間みどりが乙女ゲームの知識を得て死ぬこと。

順番が逆でもいいのだ。何も知らずゲームをプレイして死んで異世界転生、でも。たとえばこの先、異世界にノコノコついて行って、何かお兄さまやアレシュ・ウルラ閣下が……どうしようもない状況になって、私が〃この知識を持ってやり直したい〃と思って、何かそう……紙に書いたゲームのネタバレ知識を読んで死んで、ライラ・ヘルツィーカに転生してもいい。

……ライラ・ヘルツィーカは、私は、何をやり直そうとしたんだろうか。

（そう思って振り返ると、ライラ・ヘルツィーカがダリオン殿下に感情的だったのは……今度こそ、という思いがあったからなのか）

だけれどライラ・ヘルツィーカは、やり直せなかった。失敗した。だから、木間みどりがまた、『飽きた』と書いた紙での異世界転移に成功した。

「……」

私はぐしゃり、と、自分で自分の顔をかき撫でる。

「まぁ、私なんかができることはないと思いますけど……閣下が立派な王になられることはライラ・ヘルツィーカの名誉を守り続けることになりますし……応援しますよ」

と、私はとりあえずそれだけ言った。

そして、さすがに飲み過ぎたなぁ、と思って一度水を飲もうと立ち上がった時、床が発光していた。

「義に厚い其方であるゆえ、そのように言うてくれると信じていたぞ」

すっと、酔っていたはずのアレシュ・ウルラ閣下が立ち上がる。

とてもスムーズだ。酔っ払い特有のふらつきが、まるで見られない。いつの間にか黒い鎧もしっかり纏っていて、その腕に私が、こう、荷物のように横に抱きかかえられる。

「聞いたかハヴェル、これなるは再度我が国への関与を認めた。ゆえに、再度の訪問を許可せよ」

おや、おやおやおやおやおや。

閣下？　おや、閣下⁇

私が突っ込むひまもなく、路地裏でお兄様が見せたものと同じ魔法陣がマイルームの床に出現し、私と閣下の体は光に包まれる。

（おやおや、まぁまぁ）

まぁ、いいか、と思う自分が確かにいた。

興味。関心。湧き上がる好奇心。冒険心、と言ってもいいかもしれない。

（あぁ、駄目だ）

まだ明らかになっていない謎があった。解いてしまわなければ、ライラ・ヘルツィーカの名誉が、願いが守られないと気付いてしまった。

今度のミッションは、王位についたアレシュ・ウルラ閣下に、娘を嫁がせようとしてくる隣国の王様の意図を探れ☆

自分の娘が殺されるとわかってみすみす寄越そうとするその思惑は何だ！　知らないよ！
私は平凡な日本人の姿のまま、他国から来る美しいお姫さまとの、王妃の座をかけた争いに参加することとなった。

（さて、これで、私がどうやって、死んでやり直さなければならない状況になるのか）
興味、関心、好奇心。

『飽きた』と書いた紙で私は異世界へ行った。
そして帰ってきたのだけれど、また行った。

告白・アレシュ・ウルラ

　足元に瀕死の女が横たわっていた。

　全身に痣。無遠慮に刺された痕。抉られた箇所。紫に変色した肌。腫れあがった顔。辛うじて頭に残っている髪は白銀。青い瞳。薄く開かれた口から見えるはずの歯は、ところどころなかった。

　これはもう直に死ぬだろうなと、それはわかりきったことだった。

　ぼんやりと、女の青い目がアレシュ・ウルラを見た。

　とある村へ調査のために、単身王都を離れていた。内密のことである。少し前に、王宮内を騒がせた事件。貴族の子息子女の通う学園の「鍵」を持ち出し他国へ流出させようとした、珍事があった。

　犯人はヘルツィーカ家の息女、ライラ・ヘルツィーカであるとされた。未然に防いだのは、第二王子ダリオンとその友人である女子生徒だとか。

　さて、真偽のほどはどうなのか。

アレシュは、腹違いの弟が何かしらの「手柄」を立てたことに違和感を覚えた。出来が悪いというわけではないが、王族としても男としても器が小さいとわかりきっている愚弟。

それがあのヘルツィーカ公爵令嬢の「企み」を阻止できたことが、アレシュには疑問だった。

そうして、何かあるのではと探ろうとした矢先。

発見したのは森の中で、暴行され凌辱された、凄惨な有様の体。

「……ヘルツィーカ公爵令嬢、か？」

その燃えるような視線には覚えがあった。

宮中でやたらと、自分に声をかけてきた女の眼。

媚びを売るわけではなかったが、必死さがあった。アレシュの興味を引かなければ、明日処刑台に引き摺られていくのだというような、命がけの、思いつめた末の行動のような印象。

アレシュはその目に苛立った。

不遜、傲慢。王族に向けるに相応しい目ではない、というつまらない理由ではない。

相手が何かしらの悲劇、あるいは宿命、どうしようもない「絶望」を抱いていることは容易くわかり、その打開策にアレシュの存在を見出していることも理解できた。

その身勝手さ。

自分の悲劇を回避するために、その複雑な自分の運命に、自分の都合でアレシュを巻き込もうとしているその図々しさが腹立たしかった。

アレシュは他人の人生を抱え込む余裕などない。自分を産んだ母親は「正妃より先に男児を産んだ」というつまらない理由で虐げられ、今も命を脅かされている。それでもアレシュに恨み言一つ言うわけでもなく、アレシュが王位を望まないのなら、いつでも他国へ行けばいいと言う。

ライラ・ヘルツィーカはアレシュのそんな事情も何もかも考慮せず、自分の悲劇の回避のために近づいてくる女だった。

「……」

「貴様の高い魔力がアダになったな。それでは楽には死ねるまい」

骨は砕かれ足は曲がり、まともな部分などほぼない。ここまで嬲《なぶ》られるほど罪深いことをしたのかと、純粋な興味が湧く。

抉られた喉からヒューヒューと、声を発しようとした女の息が漏れた。

助けを求めるような目。縋りつく目。アレシュだけが自分を助けられるのだと、この期《ご》に及んで信じている目。

こちらをよく知りもしないだろう女から向けられるその必死な感情。一方的な確信。貴様がアレシュ・ウルラの何を知っているのかとせせら笑いたくさえあった。

「……」

アレシュがただただ冷笑するのを、死にゆく女はじっと見つめ続けた。けれどやがて瞬き一つすると、観念したのか、瞳から生き汚く足掻こうとしていた色が消える。それで、アレシュは「それならば介錯くらいしてやろう」という気になった。

見苦しい女が自分の腐臭を認めて死を受け入れるというのなら、居合わせた者として何かしてやるかという気になる。

「……」

ライラ・ヘルツィーカの唇が言葉の形をとった。

アレシュがかろうじて読み取れた言葉は『辿り着けなかった』と、意味がわからない。

そうして、首を絞めて殺した。

穴を掘って埋めてやってもよかったが、あれの兄のことを思い出した。

あの、いつも世に飽いたような顔をしている男にとって、この妹はどのような存在なのか。人の噂では可愛がっていると、いう話を聞いていて、だからこそ、ライラ・ヘルツィーカがダリオンの婚約者だったことは、ダリオンを王太子にする強固な理由となった。

翻って、その妹思いという噂は、ダリオンを王太子にするために都合のいい噂であり、それが事実であるとは、アレシュ・ウルラには思えなかった。

人を使ってアレシュは、ライラ・ヘルツィーカの死体をハヴェル・ジューク・ヘルツィーカのいる屋敷へ投げ込んだ。

あの男はどうするのか。

既に汚名を着せられ落ちた公爵令嬢の死を、あの規格外の魔術師はどうするのか。

ただの興味。

好奇心。

それだけのことだった。

番外　兄妹の楽しいピクニック！

「青い空！　白い雲……！　広がる……大自然!!　労働のない生活!!」

うわぁい、と、私は全力ではしゃぎ倒すことを誓い、草原の上で、お兄さまが作ってくださった木馬を走らせた。

「あまり遠くへ行かないように。追いつけなくなることはないけど、心配だからね」

追いかけてくるのは私と違い、ちゃんと本物の馬に乗ったお兄さま。いつもの貴族そのものの衣裳ではなくて、ちょっといい所の産まれの兄妹という旅の格好をした私たちは、息抜きに王都を離れピクニックに来ていた。

なんの息抜きか？

それは……。

「久しぶりの自分の体！　脱コルセット！　ありがとう娑婆《しゃば》ー!!」

「まるで監獄から脱出したみたいな喜びようだね」

「似たようなものでしたから……！」

私の奇行にも、朗らかに微笑まれ見守ってくださる優しいお兄さま、ハヴェル・ヘルツィーカ公子。

アレシュ・ウルラ陛下に連れられて異世界に舞い戻った私、木間みどりは「新王アレシュ・ウルラの正妃となるライラ・ヘルツィーカ公爵令嬢」のフリをするというお仕事をいただいた。

私の日本人の体は、普段はお兄さまが魔法の棺に大切に保管してくださっていて、私は指輪に魂を移し、それをライラ・ヘルツィーカの体に嵌めると、アラ不思議、私はライラ・ヘルツィーカとして動ける、という仕様である。

そうして始まったのは、お妃教育。レッスン。拷問。呼び方は何でもいいのだけれど、容赦ない……地獄の日々が始まった。

ライラ・ヘルツィーカは元々王太子妃としての教育を受けていて、それを完璧に優秀な成績でクリアしてきた才女である。それを、何の予備知識もない私が……代役を務めるのは、どう頑張っても無理なこと。

なので、ハヴェルお兄さまとアレシュ・ウルラ陛下により……優秀で口の堅い（バラしたら四肢がその場で破裂するお兄さまの魔法をかけられた）教師たちが集められ、贅沢にも国最高基準の教育を……私は受けることができている。

「君がそんなに苦痛なら、やめてしまってもいいんだよ。私は君がアレシュを助けたいっていうから、手伝っているだけだしね」

「いえ、それは。一度引き受けたことですので、やれるところまではやってみようと思います。――のでお兄さま、その、さくっと取り出した魔導書を仕舞っていただけませんか」

「そう？」

私が木馬の上から待ったをかけると、お兄さまは『国家の呪い方全集～これがあれば今日からあなたも支配者に！』と書かれた本を渋々鞄の中に仕舞った。

誰が書いたんだろう、そんな物騒な本。よく国の検閲通ったな……。

「ちくしょうあいつら……！　ぶっ殺してやる‼」

「お兄ちゃん！　もう止めてったら‼　止めてよぉ‼」

しばらくお兄さまと仲良く馬を走らせていると、山のふもとで何やら言い争う少年少女を発見した。

「あら、なんでしょう。物騒な……物言いですけど」

「お兄ちゃんという響きもいいね。ねぇ、ちょっと……」

「言いませんよお兄さま。ただでさえ、こっちの体でお兄さまをお兄さま、と呼ぶのは抵抗あるんですから」

「……そう」

少年少女の方に注目したい私と異なり、お兄さまは二人の存在などどうでもいいご様子。私がお兄ちゃん呼びを断ったのでがっかりされている。

「近くの村の子供だろうね」

見た感じ、まだ十代前半だろう幼さ。近くの、とお兄さまは言うけれど、遠目にも村は見えないし、距離はかなり離れているんじゃないだろうか。

「ねぇ、あなたたち。こんなところに子供がいたら危ないわよ」

「わぁっ、な、なんだよお前！　なんなんだよ！」

「あの……すいません。兄が、すいません……！　やめてよお兄ちゃん！」

私は一応成人している大人であるので声をかけると、茶色い髪の、兄だろう少年に睨まれた。よそ者、知らない人間に対しての警戒心にしては、少々殺気立っている。

同じ茶色い髪の妹さんの方は、今にも泣き出しそうな顔をしながら必死に兄をなだめようとしているのが、なんとも健気だ。

二人はやはり近くの村の子供らしかった。近くとは言うけれど、距離にしてみれば五キロ以上は離れているようで、飲まず食わずのままここまで歩いてきた二人は軽く脱水症状を起こしている様子だった。

「とにかく、ほら、えっと。私はコマ・ミドリ。丁度そろそろお昼にしようと思っていたし……あなたたちも一緒にどうぞ」

私は魔法の木馬を樹の下に連れて行き、兄妹に声をかけた。

「……」

「お、お兄ちゃん……」

「知らない奴に誰がホイホイ付いていくかよ。ぶん殴るぞ、あっち行けよ！」

「そんなことをしようとする前に、私が君をこの樹から吊るしてあげよう。人の親切は素直に受け取るものだよ、少年。私だって知らない人間をピクニックに招きたくはないけどね。不審者扱いされたいか、ピクニックのお客様扱いされたいか、選ばせてあげるよ」

警戒心ＭＡＸは仕方ないのだけど、お兄さまはにこにこしながらも容赦ない。

背の高い、見るからに村人ではなくてどこぞのお金持ちの青年に見下ろされ、威勢の良かった少年が、血の気が引いたように真っ青になった。

意訳すると今の台詞は、死ぬか服従するか選べ、というようなもの。子供にもわかったのだろう。

二人がしぶしぶと、私の広げたピクニック用の布に座った。

「な、なんだよ、これ……」

「おにぎりとからあげと、お茶です。ピクニック……遠足と言えば、お弁当は米と肉だと相場が決まっているんです」

手を綺麗に拭いてもらってから、私は二人に海苔を巻いたおにぎりと、紙コップに注いだ緑茶を提供する。からあげは紙皿に載せてお出しして、そっとひざ元に置いた。

そう、この異世界には……米と、緑茶が存在している。

それもそのはず、この異世界には、私の元の世界で『飽きた』と紙に書いて眠れば異世界へ行ける、という都市伝説を信じて実行して、運よく当選した人間がこっちの異世界にチラホラといらっしゃった過去がある。

その転移してきた人間たちが行った異世界技術革命の中に……イネ科の植物の研究と、茶葉を発酵させて作る緑茶計画が……実に、莫大な資金と年月をかけて行われてきたらしい。

仕方ない。日本人が異世界転移したのなら、自分である程度、お金をかけられるのなら……お米とお茶の確保は、仕方ない。

と、そういうわけで、安価ではないけれど、お金さえ出せば手に入る「お米」と「緑茶」を、私を溺愛しているらしい姿勢を見せるハヴェル・ヘルツィーカお兄さまが、このピクニックのためにご用意していただいていないわけがなかった。

「……なんだ、これ………っ！」

毒見というか、妹より先に食べて勇気を示そうというのか、少年の方が意を決したようにおにぎりにかぶりつき、ごくごくとお茶を飲む。

「それで、子供が二人でどこへ行こうとしてたの？」

「お前に言うもんか！」

　おにぎり一つじゃ懐柔されないらしい。けれど警戒心は先ほどより多少は緩められたのか、噛みつきそうだった勢いは収まり、ぶすっと、年相応にすねたような表情を浮かべている。

「あの……これ、ありがとうございます。美味しいです。あたしはミラ。こっちは兄の……」

「リドだよ。自分の名前くらい自分で言えるっての」

「ご、ごめんね」

　ミラちゃんが言わなかったら名乗らなかっただろうに、リドくんはぶっきらぼうに言う。

「あたしたち……先生を、助けに行こうと……」

「先生？」

「はい。あたしたちの村で……勉強を教えてくれたり、村の人たちにも、お仕事のこととか、いろいろ教えてくれる人で……あたしたちは先生って呼んでたんですけど、きっと、街の偉い人とか、そういうのかもしれません」

　半年ほど前に、ミラちゃんたちの村にふらり、とやってきたらしい身なりの立派な青年は偉ぶったところがなく、少し村にお世話になるお礼にと、風車の改造や害獣対策など、いろいろ知恵を授けてくれたそうだ。

なんでも子供好きで、ミラちゃんやリドくんのような村の子供におとぎ話や、村の外の世界の話を聞かせてくれて、それを教材にしながら文字も教えてくれたそう。

「なんて善人……」

いくら衣食住をお世話になるからといって、のんびり田舎で過ごすわけではなく精力的に活動されているとか……聖人かもしれない、その先生。

と、二人の話を聞いただけの私でさえそのように思うのだから、村でも大変慕われたらしい。

「ふふん、そうだろう？　先生はすごいんだ。なんたって、最初の頃は、村の大人の中には先生をよそ者だって嫌うやつもいたんだけどさ。村に盗みに入った山の連中が、ユリねーちゃん、あ、村長の娘ね。ユリねーちゃんを連れていこうとしたのを見つけて、どうしたと思う？」

「えー……そうね、大声を上げて、他の人を呼んで、娘さんは救われた？」

「そんなの誰だってできるだろ？　先生は側に落ちてた農具の柄だけで盗賊を倒して、追い払ったんだぜ！」

「まさかそんな！　知識はある線の細い人のイメージだったのに……武勇まであるの？」

てっきり街で人間関係に疲れ切って田舎に癒しを求めに来た学者さんとかそういうのをイメージしていた私は、予想外の武勇に驚いた。

「ふふん、どうだ！　先生はすごいだろう！」

私が大げさに驚いたのに、リドくんは大満足のようだった。まるで自分のことのように自慢げに語り、しかし、ふと顔を曇らせた。

「……そうだよ。先生は、本当は強いんだ。俺が……馬鹿なこと、しなきゃ……」

「……お兄ちゃん……」

おや、どうやら本題に入ってくれるらしい。

「……しばらくはうまくいってたんだ。時々、山の連中がちょっかいを出してきても、先生が追っ払ってくれて。皆先生に感謝してて、皆で空き家を修理して、先生に住んでもらおうって、俺たち子供も協力して……」

村長の娘ユリさんとも良い感じになってきたらしく、厳しい村長さんも「まぁ、彼なら」と、二人が結婚する可能性を受け入れてくれていたらしい。

「……お山の人たちが、ユリおねえちゃんを連れていこうって何度も来たの。おといも、そうで……でも、いつもみたいに先生が追い払ってくれるはずだったんだけど……」

先生に憧れるリドくんが、いつも先生が簡単に彼らを倒すものだから、連中なんか大したことない、自分だって倒せると勘違いして挑みかかり、人質になってしまった、とそういう話。

当然、村の子供を大切にしている先生とやらは手も足も出ず、殴られ蹴られ、されるがままになって、普段の仕返しというのか、こんな程度では気が収まらないと、彼らのアジトに連れていかれたらしい。

リドくんは、自分の所為だから先生を助けるんだ、と息巻いているのだけれど……。

「……村の大人は？」

聞いた話から、村の人たちにとっても先生は大切な存在だろう。

村長の娘さんなんか惚れてそうだし、村長も娘の婿にと見込んだ青年を見捨てるわけがないと思うのだけれど。

「……」

「それは……」

私の質問に二人は泣き出しそうな顔になる。

「皆、皆、勝手だ……！　あんなに先生のこと頼っておきながら……！」

「……お、大人の人たちは……諦めろって、もう、忘れろって、言うの……あたしたち、何度も、皆でお願いしたんだけど……誰も、助けてくれなくって……」

……なぜだろう？

「村の人間が誘拐された、というのなら、領主に相談するという方法を村長が知らないとは思えないけど」

黙って話を聞いていたお兄さまが口を挟む。

そもそもなぜ村人は、毎回そ〝先生〟に守られてきたのかとお兄さまは指摘する。何度も襲われるというのなら、それこそ早急に領主に山の盗賊たちの討伐を依頼すべきだった、と。

「そ、そんなこと……俺に言われても、だ、だって、わざわざ……偉いやつらに、頭なんか下げにいかなくっても……領主さまだって、守ってくれるかわかんねぇし……」

「いや、善意を期待する必要はない。領地の治安維持は領主の義務だからね？　そのために税を支払っているんだから、君たちには守られる権利があるんだけど」

「ぎ、む？　け、けんり……？」

「お兄さま、子供にそういう話はちょっと……」

「そう？　私は彼くらいの年齢の頃は、もうそういう話は理解していたんだけど」

貴族の嫡男として教育を受けてきたお兄さまと、のびのびと村で育ったリドくんを比べるものではないと思います。

難しい話に混乱しているリドくんの頭を抱き寄せてヨシヨシ、としてみると、多感な時期らしいリドくんは顔を真っ赤にして「や、やめろよブス！」と、全くもってお年頃の少年らしい発言をされた。

と、まぁ、それはそれとして。

とにもかくにも、《先生が盗賊たちに攫われた》《村の大人たちは助けようとしてくれない》

ので、リドくんが助けに行こうと村を飛び出して、兄を止めようとミラちゃんがずっとついてきてしまった、という状況。

「村の人たち……子供が二人飛び出したのに、止めないどころか、連れ戻しにもこないって……」

「不思議だね。どうでもいいのかな？」

「お兄さま、しっ！」

いや、そもそも二人の両親はどうしたんだろうかと聞いてみると、二人が赤ん坊の頃に、村が盗賊たちに襲われて殺されたらしい。

けれど子供は村の宝だと、村の人たちが二人を育ててくれたらしく……

……なのに、連れ戻しにこないって、おかしいのでは？

◆◇◆◇◆

「さて、それで、どっちにする？」

栄養補給も済んで、片付けをし終えた私にお兄さまが尋ねる。

リドくんたち兄妹はお腹がいっぱいになったのと、ここまで歩き通した疲労からか眠りに落ちてしまっていて、お兄さまの馬が二人の側に膝を折って、風よけになるよう守ってくれている。

「どっち、というのは？」

「選択肢が二つあるだろう？　二人を村に連れていくか、それともその盗賊団の元まで付いていくか。君の性格を考えると、二人とこのまま別れるというのはなさそうだしね」

「それは、えぇ、まぁ、そうですね」

「私はどっちでも構わないよ。同じことだしね」

村人に子供を返すのと、盗賊団を相手にするのは大分違うと思うのだけど、お兄さまからしたら変わらないらしい。

私はあどけない顔をして眠る二人を眺めた。

「……ちょっといくつか、疑問があるんです。どうして、盗賊は先生をボコボコにしたあと……村長の娘さんではなくて、先生を連れていったんでしょう？」

リドくんの話では、日頃の腹いせをしてやりたいからアジトへ、ということだったのだけれど、それはそれとして、なぜ当初の目的通りユリさんを一緒に攫わなかったのか。

領主に盗賊討伐の訴えをしない村。

リドくんたち孤児を育ててくれるほど大切にしているのに、連れ戻しにこない村。

「……このまま、リドくんたちを村に戻していいのかしら？」

先生を見捨てることにはなるが、私にとって簡単な方といえば、二人の子供を村に送り届けること。リドくんは抵抗するだろうが、ミラちゃんは協力してくれるだろう。

リドくんたちの話をまとめてみると……

・二人は村の子供で孤児である
・リドくんは〝先生〟を助けるために盗賊のアジトへ向かっている
・〝先生〟は善人である
・村の大人たちは〝先生〟を助ける気がなく、放っておくことを選んだ

ここに、お兄さまの〈①なぜ領主に助けを求めないのか〉という疑問。人の語る情報《》から浮かび上がる疑問を〈〉で表すとすると……

〈②盗賊はなぜ村長の娘を狙っているのか〉
〈③なぜ村長の娘を攫わず〝先生〟だけ連れていったのか〉
〈④村の人間たちはなぜリドくんたち兄妹を放っておくのか〉

と、一方的にリドくんの話を聞いただけではわからない問題が浮かび上がる。

このまま村へ二人を連れていけば、①④の疑問については答えがわかるだろうけれど、そのままハイ、さようならをしては②③の疑問が不明なままで、気になってしまう。どうも……う

ーん。

「……お兄さま、ちょっと寄り道していただいてもいいでしょうか」

と、私はハヴェルお兄さまにお伺いを立てた。

◆◇◆◇◆

「と、いうわけで、初手攻撃魔法を撃ち込んでおこうか」

リドくんに教えてもらった場所と、お兄さまの感知魔法で見つけた盗賊団のアジトがあるらしい洞窟へお兄さまの掌が向けられる。

ハイ、ドゴォオオオォオン、と。

軽い調子、明るいお顔とは正反対な、わりとエグめのエフェクトのついた魔法陣が空に浮かび上がり、地獄の窯の蓋でも開けました？？？　と思うほどの爆音が響き渡った。

「わぁ、お兄さま。まぁ、お兄さま。……やりすぎていらっしゃいませんか？」

「そう？　でも、ほら、確か……君たちの世界の物語に……盗賊に人権がないからどう扱ってもいいっていう名言があるとか……異世界で盗賊いびりをするのはそっちの人間にとってロマンだとか……聞いた覚えが」

誰でしょう。その独断と偏見に満ちた知識を異世界に持ち込んだ迷惑人は。

しかしお兄さまは、音と光はハデだけれど「威力それほどないよ」とおっしゃって、実際、ワラワラと蜘蛛の子を散らすように洞窟から這い出てきた盗賊らしい人たちはほとんど無傷だった。

「な、な、なんだ……あんたたち……！」

「なんだァ⁉」

「通りすがりの魔術師とその可愛い妹だよ。とりあえず、服従するか死か選んでもらってもいいかな」

私たちに気付いて怒鳴ってくる盗賊たちに、お兄さまは朗らかに微笑みかける。

「は？　は……？」

「な、なんなんだ……？」

「よ、よくわからねぇが……俺らを捕まえに来たってことか……？　おい、若旦那はどこだ……⁉」

若旦那。

ほう。

盗賊たちがこんな時に咄嗟に呼ぶのは、頼りにしている存在に違いない。リーダーとかそういう立ち位置の人だろうか。

「君たち……!!　突然、何の罪もない憐れな民に向けて……なんという暴挙！　なんという蛮行！　すなわち、悪！」

私が盗賊たちの首を飛ばそうとしているお兄さまを止めていると、洞窟の奥から、救援したらしい人を背負って誰かがやってきた。

「……うわぁ」

思わず私は声を漏らす。

夜襲をしかけた私たちの真上には、煌々と光り輝くお兄さまの魔法の灯り。その眩い光に照らされる黄金のような金の髪に、サファイアのような瞳、真っ白い肌の、十人いれば十人が認める「美形」の青年が現れた。

「盗賊とは思えない顔の良さ……」

いや、それは偏見だろう。だが盗賊に似つかわしくない上品な、貴族的な雰囲気のあるその青年は、私とお兄さまを、敵意を露わにして睨み付けてくる。

「僕は盗賊ではない！　そして彼らも、盗賊などではなく、憐れな被害者、善良な村人だ!!」

「若旦那！　こいつら魔法を使いやすぜ！　お気を付けて！」

「ありがとう！　君たちは早く安全な場所へ……！　ここは僕が引き受ける！」

「……君、グェン家の次男じゃないかい？　ここの領主のグェン伯爵家の」

ドン、と「ここは通さない！」というように、盗賊たちを背に庇い、槍を地面に激しく打ち付ける顔の良い青年に、お兄さまが声をかけた。

「お兄さま、お知り合いですか？」

「面識はないけれど。あの容姿に、あの頭の悪そうな一方的な正義感。宮中で噂に聞いたことくらいはあるからね」

今、さらりと悪口っぽいものを言われたような気がするが、お兄さまが人を悪く言うはずがない。

「ところで君は、あぁいう顔の男が好きなのかい？」

「え？　いえ、顔の良い人は人類の宝だとは思いますが、好みの問題で言えば、私は渋さの滲み出るナイスミドル、すなわちイケているオジさまが好みですので、若造はちょっと……」

「そう？　ちなみに私は、これでも君よりずっと年上なんだよ。具体的にはアレシュより年上だよ」

突然の告白。いえ、お兄さまがおいくつなのか確かに知らなかったけど……それは今、聞いておくべき話題なのだろうか。

「うん？　僕を知っているのか、君たちは。見たところ旅人のようだが……」

えぇ……貴族のお坊ちゃんらしい顔の良い青年。こちらが「貴方のことを知っていますよ」と示した途端、敵意が綺麗に消えてしまう。えぇ……いいのか、それ。

ちなみに、逃げようとしていた盗賊たちは、お兄さまが全員足首を石にする魔法をかけて逃亡できなくなりました。

◆◇◆◇◆

「む……誤解だ誤解！　彼らは盗賊などではない！　確かに僕も、当初は兄上から、山に住み着いた彼らの討伐を頼まれたのだが……」

顔の良い青年、名前はジル・グェンというらしい。こちらが特に名乗らなくても「王都の夜会でおみかけしましたので」と言えば、勝手に「そうか！　貴族家の方か！」と納得してくれた。

ちなみに私のことは、お兄さまの侍女か何かだと思っている様子。

まぁ、煌びやかなお兄さまの隣にいる、黒髪の見るからに異邦人が「妹」とか名乗ったら、この単純そうな青年もさすがに怪しむだろう。

「盗賊じゃないって、それじゃあ、何なんです？　移民とか？」

「いや、違う。彼らは……ここから少し離れた村の村人なのだ」

「……」

おーや？

なんだか、ちょっと話が変わってきたぞ??

「わ、若旦那！　そいつらと何で急にそんな親しそうに……！」

「まさかまた、俺たちを裏切るんじゃ……！」

同じ貴族同士ということで警戒心ゼロになってしまったジルさんに、盗賊……じゃなかった、善良な村人だと主張しているらしい人々が声をかける。

「ち、違う！　僕は、君たちを裏切るつもりは……君たちの境遇は本当に気の毒だと思ったし……力になりたいと、本気で思っているんだ！」

善良な村人（自称）たちに疑われ、ジルさんは狼狽えた。

話はこうである。

ジルさんは騎士として親類の領地で立派に修行を終えて、実家の騎士団に入るべく舞い戻ってきた。

立派な騎士になったジルさんを、領主になったお兄さんは喜んで迎えてくれて、弟の実力を見込んで、最近領内の山に住み着いたという盗賊の討伐を依頼した。

敬愛する兄上のお役に立てるのなら！　と、意気揚々とまさかの単身で盗賊討伐に挑んだジルさんは、盗賊のアジトを発見し「成敗！」しようとしたのだけれど、彼らは必死に命乞いをして、自分たちは《村を奪われた村人だ》と訴えたらしい。

「それ信じたんですか!?」

「あぁ！　本人たちがそう言っているんだ」

「えぇぇええ……」

「私は領主家の人間、そしてこの土地を守護する騎士。グェン家と、この土地を治める兄上の威光の前では、誰が嘘などつこうものか」

え、えぇええぇぇええ……。

私はお兄さまによって拘束された自称村人たちを眺める。

男女比率で言えば、男が圧倒的に多い。女性もちらほらいるにはいるが、か弱い村の女性というより、ちょっと露出が多いというか……その道のご商売の女性に見える。

ジルさん曰く、十年前に彼らは、今の村に住んでいる連中に突然襲われたそうだ。生き残った彼らは狩りに出ていた者、街へ買い出しに行っていた者、つまり男性がメインで、その留守を狙われたのだろうとも語っていた。

「それで僕は、そんな非道な連中は許しておけないと、彼らの奪われた村へ向かったのだが……」

村は平和、平穏で、善良そうな村人たちが普通に生活をしていた。

「……最初は、よそ者の僕を警戒して、村の全員が演技をしているのではないかと疑ったのだが」

疑う心があったのか、ジルさん。

「村の子供たちは可愛く素直だし、村人たちも皆親切にしてくれた。それに、兄上からも、どこかの村が税の支払いをしていない、とは聞いたことがない。彼らがもし……非道の盗賊〝だった〟としても、今は改心し、土地に落ち着き、領民として生活しているのなら……」

「あ、リドくんの言っていた先生って、ジルさんのことですか？」

「あの子を知っているのか？」

「えぇ。まぁ」

「そうか。あの子はとても勇敢な良い子なんだ」

ふわり、とジルさんが微笑む。

うーん……悪い人じゃない。

つまり、まぁ、つまり。

ジルさんは山の人たちの言葉を信じて、村人を成敗！　しようと意気揚々と向かったけれど、そこにいたのは平凡な人たち。

もう十年も前のことだから、もう過去のことで、彼らは今、きちんと生活しているのだから、ジルさんは「彼らを許してあげられないか」と、山の人たちを説得しようとしたそうだ。

……うん。

それは……ボコボコにされますね？

一応、もし、その山の人たちの話が本当だとして……十年間、村を取り戻そうと、仇を討とうとしてきた彼らの元に、やっと領主家の人間が「君たちを助けたい！」と現れて、村に行ったのに……「彼らも今は改心しているんだし」と、ふざけたことを抜かしたら、それはまぁ……殴るな。うん。

しかもリドくんの話だと、半年間も……チンタラ、そんなことをしていたらしいジルさん。よく殺されなかったものである。まぁ、貴族を殺害したら、それこそ本気で山狩りが行われるだろうから、それはないか。

「うーん……お兄さま、どうしましょうか」

「そうだねぇ。とりあえず、この連中は全員焼いてしまっていいんじゃないかな」

意見を求めると、お兄さまはニコリ、と微笑んで答える。

「よくはないですね」

「そう？」

でも、と、お兄さまは小首を傾げた。

「どっちでも構わないいんだよ」

……と、その言葉は、村か山かを選択する時にも言われた言葉。

あの時は、どっちに行くのかと、それだけの意味だと思っていたけれど……ひょっとして。

「お兄さま、最初から、この山の人たちが村人だったかもしれないって可能性に気付いていました？」

「そうだね。領主に助けを求めないというのは、何か後ろ暗いこと、自分たちだけで解決しないといけない、何か理由があるだろうとは思っていたよ」

その上で、お兄さまはどちらが「悪」として始末されても構わないとおっしゃる。

うーん……まぁ、見た感じ……十年、山の幸だけで生き延びられたとも思えない。あちこちから女性を攫ってきたっぽいし……領主に盗賊として討伐されるくらいには悪事も働いているんだろう。

問題は、十年前に盗賊をしていた今の村人たちを「悪」として裁くか、十年間盗賊をしている以前の村人たちを「悪」として裁くか……。

「……領主様、もしかして、このことをご存じなんじゃ……？」

「多分ね。彼は……ちょっと問題のある人間ではあるけれど、能力は確かだし。十年前といえば、丁度彼が領主の地位を継いだ頃くらいだろうから、ゴタゴタしていて村の問題に直ぐに対応できなかった可能性もある」

「つまりこれは……領主様の……弟への、試験的な……？　いえ、それより……」

騎士の修行を終えて戻ってきた弟に、領内のこの問題をどう解決するか、と、あるいは。

「……どっちでもいいってこと？」

「そう。領主にとって、どちらも【完璧に善良な村民】ではないけれど、重要なのは、その土地に存在して、税を納める、犯罪を犯さない人間たちであることだ。効率的なことを考えると、現在の生活手段が農業で、連携もとれている現在の村人を残しておいた方が良いし、子供の数や女性の数を考慮しても、今の村人の方が問題はないと思うよ」

あー、なるほど。

村を乗っ取ろうと、かつての略奪者たちが考えた際に、村の子供、十年前の出来事を覚えていられないくらい幼い子供たちは見逃し、村で育てることにしたんだろう。孤児として、あるいは自分たちの子供として。

それを考えると、村長さんの娘さんというのは、もしかすると、覚えているけれど、血筋として村長家の人間で、納税やその他、法的な問題について村の運営知識のある、大人に逆らわない子供、だったのかもしれない。

つまり村長の娘さんを山の人たちが狙ったのは、かつての仲間の子というのもあるだろうが、自分たちが村を奪還した際に、今後も村の運営を問題なく行うために必要な存在だったからか。

「……」

領主様は、この……全方向に正直で疑うことをほぼ知らず、善良で……人が良いだけの弟に「どちらがどちらか」と選ばせようとしているらしい。

「……僕が……？」

「わ、若旦那……」

私たちの話を聞いていたジルさんと山の人たちが、互いに顔を見合わせる。

彼らの顔は恐怖で引きつっていた。自分たちが何者であれ、略奪して十年間生きてきた自覚はあるのだろう。正しいことだ、仕方のないことだ、と思い続けていたとしても、さすがに十年は長すぎる。

というか、途中で他に助けを求めたり、移住したりはなぜしなかったのか？

「お、俺たちは……！　奪われたんだ！　だから、奪って何が悪い！」

誰もが動けないでいる状況に耐えられなくなったのか、誰かが叫んだ。

それを皮切りに、そうだ、そうだ、とあちこちから声が上がる。

十年間。

……彼らは生き残りだ。

途中でこの山を去った者もいただろう。彼らは「仇を討ちたい」「村を取り戻したい」「当然だ」と、残った者たちだ。

「……僕は……」

ジルさんは茫然としている。

彼は悪をバッタバッタとやっつけて、兄を補佐する自分の輝かしい未来しか想像していなかった。それが今、どちらに罪があるのかのジャッジを求められている。

「君の噂は私の耳にも入ってきていてね。今時珍しい、騎士道精神の強い青年、ジル・グェン。君が正しく生きようとするその姿勢は立派だけれど……君の兄は、グェン伯爵はどうやら、君が汚れてくれないと安心できないんだろうね」

ふわり、と、お兄さまがジルさんの前に立って優しく告げる。

「……君、いや……貴方は……？」

「私はハヴェル。ハヴェル・ジューク・ヘルツィーカ。君が彼らをどちらがどちら、とその判断ができないのなら、私が代わってあげよう。なに、夜が明ける前に帰りたいんだ。さしたる手間でもないよ」

パチン、と、お兄さまが指を鳴らすと、ずしん、と一度、大地が大きく揺れた。

「う、うあぁあああぁあああ!!」

「あぁあああああああぁあああ!!」

「い、いやだぁああああ!!」

山の人たちが集められていた開けた場所の地面が、蟻地獄のような穴が開いて、ずるずると人が引きずり込まれていく。

説明されなくともわかる。あのまま飲み込まれたら死ぬ。行先が地獄なのか、それとも地の底なのかはわからないが。どう考えても、あの世への片道切符なのは間違いない。

「や、止めろ……！　止めてくれ……！」

叫ぶ山の人たちの声で、ジルさんは立ち上がり、お兄さまに詰め寄ろうとした。けれど魔法の防壁でも張っているのか、その手がお兄さまに触れることはできない。

「そう？　止めるのはいいけど、それなら、この折角開いた魔法陣は、リドとかいう子供のいる村に落とそうかな。あの子供、君を助けようと歩いていたんだけど、僕の可愛い妹が助けてね。魔法の木馬に乗せて兄妹は村に帰らせたんだけど……今頃もう着いてるだろうね。ここの彼らを助けるってことは、あっちの連中を殺してくれ、そういうことだろう？」

「っ……ち、違う!!」

「私は本当に、どっちでも構わないんだ」

「じゃあ、なら、ならば……関わらないでくれ!!」

のんびりと話すお兄さまに、たまらずジルさんが叫んだ。

「どっちでもいいのなら……彼らのことを、どちらでも、なんでも、同じだと……思っているのなら、そう見えているのなら、関わるな！」

腰に差していた剣をジルさんが抜いた。

ぶわっ、と、何か、魔法の力のようなものが、私にも感じられるほど膨れ上がる。

「ちょ……お兄さま、もしかしてジルさん……お強いんじゃないですか!?」

「この国では今のところ五人しかいない聖騎士の一人だね」

「強いじゃないですか!!」

いかにも悪の魔法使いです、魔王です、みたいなお兄さまが……ここで聖なる騎士と対峙するとか、敗北フラグじゃないのか!?

「そう？」

しかしお兄さまはのんびりとされていて、あたふたとする私を面白そうに眺めるばかり。

「風の大守護者シルフよ！　僕に力を!!」

ジルさんの叫びと共に、ゴォオオと、暴風が吹く。私は立っていられなくなり、お兄さまの服を掴むと、お兄さまは嬉しそうに笑った。

◆◇◆◇◆

結論から言うと、ジルさんは秒殺（比喩）された。

お兄さまが、顕現した風の大精霊とやらを一瞥して「頭が高い」と一言おっしゃった途端、風の大精霊が地面にめり込む勢いで平伏したからだ。

けれどお兄さまは、そのままジルさんを惨殺することはなく、山の人たち、村の人たちの件については、ジルさんが全部決めるようにと言って、私を連れて王都へ戻ってきた。

「山を焼くか、村を焼くか、私はどっちでも構わなかったんだけど。今回の目的は可愛い妹とのピクニックだったしね」

「……は、はぁ……」

木間みどりの私の体から、ライラ・ヘルツィーカの体に指輪を移し替えて、お兄さまは微笑む。

私は瞬き一つで、銀の髪に青い瞳の美しい少女。ライラ・ヘルツィーカの体で目覚め、眉を顰めた。

「私があの時、村に行く選択をした場合、どうなっていたんです？」

「その時は、ただ普通に、村にあの兄妹を置いて終わったと思うよ」

そうかなぁ……。

平然とお兄さまは答えるけれど、なんだろう。

村が焼かれていた可能性が、私には見えた。

いや、お兄さまが燃やさなかったとしても……山の人たちに再度説得されたジルさんが、悩み抜いた末に「元はと言えば、今の村の人間たちが、山の人々を襲ったから彼らは罪を犯さなければならなくなった」という考えに辿り着いた、とか。

考えてみれば、結局お兄さまは私が疑問に思った謎の答えを知る手伝いをしてくれただけで、村のこと、山のことは本当にどうだってよかったのだろう。


後日、人に調べてもらったところによると、グェン家の次男は……あの村を風の大精霊の力で全て吹き飛ばして更地にしたらしい。家屋も田畑も全部。

なんでも、大声で涙を流しながら「これで全て、やり直そう！　この土地で、皆で、力を合わせてやり直そう！」と、村人と山の人を集めて訴えて……両方からタコ殴りにされたそうだ。

村人からすれば、穏便に平穏に暮らすための数々の努力を台無しにされたわけで、山の人たちからすれば、十年前の惨殺をなかったことにされたわけで……。

グェン家の人間が暴行されたと知り、領主家は騎士団を率いてこの騒動を鎮圧して、結果、女子供以外は捕らえられ、流刑地に送られたとか……。

「選べば片方だけでも助けることができたのにね」

と、その報告を聞いていた私に同席していたお兄さまが気の毒そうに呟くが、多分、お兄さまは、こうなることをわかっていらっしゃったんだろうな。

私はしばらく息抜きの外出はよいです、とお兄さまに伝え、お兄さまはいつものように「そう？」とだけ返された。

おまけ　領主と弟

「うん、今年は作物の出来が悪くはないな。まぁ、豊作というわけでもないのだが。普通が一番だ」

グェン家の当主、この辺りでは「領主様」と呼ばれる男は、治める各地から届けられた報告書に目を通し、ゆっくりと頷いた。

穏やかな午後。今日は天気も良い。

あとで付近の街の様子を見に行くか、それとも今日は書類仕事に専念するか。急ぎの予定もなく、いたって平凡で平和な日である。

「兄上、共に正義を行いましょう!!」

その平穏、平凡はドゴォンと、容赦なく開かれた扉の音で破られた。

「……」

嫌だったが、顔が反射的に扉の方に向いてしまい、そしてそこには想像通りの人物がいた。

あぁ、死んでなかったのか愚弟。

勢いよく出ていった弟が、これまた勢いよく戻ってきた。領主ギャレット・グェンはうんざりした顔で天を仰いだ。

グェン家は王都から少し離れた、比較的気候も穏やかで近隣の貴族も温厚な人間ばかりの恵まれた土地を治めている弱小貴族だ。

一つのそこそこの大きさの町と、いくつかの村がちょこんと点在しているくらいの、細々とした領地だが、貴族の勤めとは先祖代々の土地を守ることと、ギャレットやその先代、先々代はよく心得ていて、それなりにうまくやってきた自負がある。

その吹けば飛ぶような平凡な領内に、どういうわけか生まれてしまったのがジル・グェン。

ギャレットの弟にして、歴代のグェン家の中で「比較的優秀」だった、と言われる誰とも、格の違う「有能」さを持つ青年。

六つの頃に領内の森の中で、精霊に出会ったから契約してきた時は、一族は春の祭りのように喜んだ。鄙びた土地で、か細く生きる貴族だけれど、他人を妬まず羨まずという善良な人間だというわけではない。一族からとんでもない天才が、英雄が、歴史に名を残す人間が生まれたのではないかと喜んだ。

それが間違いだった。

規格外の天才はただの天災となって、ギャレットたちの生活を蹂躙した。

『兄上、ご覧ください！　領地を脅かす不届きな竜を懲らしめてまいりました！』

『兄上、お喜びください！　第六位魔法を覚えました！　これで次の戦争では、最も重要な砦を我がグェン家が任されることでしょう！』

『兄上、アレシュ・ウルラ閣下は簒奪者などではございません！　あの方こそ正当な王、我らが君主に迎えるべき方！　我が一族は新王アレシュ・ウルラ陛下にお味方すべきと、はい！　真っ先に陛下の元へはせ参じました!!』

　ただ上空を通りかかっただけで、声を潜めていれば通り過ぎてくれるはずだった竜を容易く討ち、結果、竜族の怒りを買って、領内の地形が変わるほどの争いに発展した時、弟は襲いくる竜たちを皆殺しにし、一つの一族が滅んだ。

　十分な研鑽を積んだとは言えない、普段は農夫をしているグェン家の形ばかりの騎士団の団員たちは、最前線に送られて悉く戦死した。弟は彼らの死に怒り、侵略者たちを一掃し、栄誉と勲章を手に入れ、ギャレットは今も遺族たちの生活の面倒を見ている。

「……村を脅かす盗賊たちを、討伐に行ったのではなかったのかね」

「兄上！　彼らは悪ではなかったのです。えぇ、兄上。どうか聞いてください。彼らは本当は善良な村人で、しかし、今の村人たちもまた、善良な人々なのです！」

「……」

　意気揚々と語るジルの話は、別段、知っていることだった。

知っている。わかっている。今更な話。

十年と少し前に、とある村が盗賊たちに襲われた。彼らとて最初から盗賊だったわけではなくて、住んでいた場所が竜によって人の住めない場所になり、彷徨《さまよ》って、あの村に流れ着いた者たちだ。流れ着く過程で、人から奪うことを選択した彼らは、村に溶け込むことよりも、何もかもそっくりそのまま自分たちのものにしてしまおうと思ったらしい。

自分の能力の範囲を越えた難題の数々に疲弊し、心労がたたって先代当主が亡くなって混乱していた領内でには、そうした「あぶれた者たち」がいた。

「それで？」

「それで、とは？　兄上、我々は彼らを助けねばなりません！」

「彼らとはどちらのことだ？　我が領内で犯罪、殺人、略奪行為を犯し続けてきたのはどちらも同じだが」

「それは仕方のないことだったのです！　彼らとて、好きで悪事を働いたわけではありませんん！」

善良で優れていて、苦労をしたことのないジルは『悪いことをするのは追い詰められてしまったから。人は誰だって悪いことをしたくはない』と信じている。

悪人が悪事を働くのは、悪事に対して抵抗感が低いからだ。

ジルの言う通り「自分たちは被害者だから」「仕方ない」「自分たちは悪くない」などと思っている連中は特にたちが悪い。

（この辺りを通る旅人や商団が、あの村に立ち寄ると行方不明に、あるいは盗賊の被害を受ける）

あの村。収められる税金はきっちり規定通り。多くもなく少なくもない。それは良い。それは良いことだが、村の暮らしぶりが、不釣り合いなほどに良すぎた。

あの周辺で起こる「問題」が、村か山のどちらかで行われている「だけ」なのか、ギャレットはその判断を下すより、どちらかをジルに選ばせるつもりだった。

「村か山か。どちらでも、私は構わないのだよ」

村一つを失えばその分、税収が減る。ギャレットは村一つ分だけ残れば「これまで通り」に扱おうと決めた。どちらが消えても、残った方は「領主に目を付けられた」と行動を自粛するだろう。それでいい。余計な、過去の問題など掘り起こさず、平和に、平凡に、並の人間は波風を立てずに生きていくべきなのだ。

「彼らはどちらも、我が領地の人間です！」

「だが罪を犯している。被害者もいる。討伐すべき対象は必要だ」

行方不明になった旅人の遺族。財産を奪われた商団の中には、支払いが滞り首を吊った者もいる。

ギャレットは領主として、彼らを納得させ、安心を与えてやる義務があった。

処刑台に「こいつらは悪党だ」と送るべき者たちが必要だった。

その剪定《せんてい》をジルに任せたのは、正しいことを行うためだけに生まれてきたこの弟なら、彼らの境遇を知り、どちらにも肩入れできず、彼らの逆鱗《げきりん》に触れて、無抵抗のまま殺されてくれたらいいな、と、そういう気持ちだった。

「私としても、どちらでも構わないのだけれど」

「……！　だ、誰……いや、貴殿は……！」

のんびりとした声が、ギャレットとジルしかいない筈の部屋に響いた。

いつの間にか銀色の髪の青年が窓の近くに立っていて、カーテンのタッセルを手でいじっている。

その顔に見覚えが、数度、王都にて挨拶をさせていただいた覚えもあり、ギャレットは畏まった。

「……ヘルツィーカ公子！　これは……このような鄙びた場所へ……いついらっしゃったのですか……！」

「やぁ。グェン伯爵」

礼儀作法の話をすれば、勝手に今、ここにいるヘルツィーカ公子は、明らかに不法侵入で咎められるべきだし、伯爵とまだ爵位を継いでいない貴族の子という身分で言えば、曲がりなりにも当主であるギャレットが頭を下げるのはおかしい話だった。

だが相手はハヴェル・ジューク・ヘルツィーカである。

（災悪の天才）（悪魔の子）（魔王の残滓）（異常者）（王国の守護者）（人の形をした魔力の塊）（動く厄災）

呼び方は何でもいいのだけれど、この世で最もおぞましい生き物を一つあげろと言われたら、国の大半の貴族がこの男の名を震えながらあげるだろう。

「お知らせいただければ、領地をあげて歓迎致しましたが……」

「ここへ来たのはちょっとした小旅行でね。可愛い妹と息抜きをしに来ただけなんだけど……」

妹、というのは、国で最も美しいと評判の公爵令嬢のことか。

令嬢は最近学校を卒業したばかりなので、ギャレットはまだ夜会でお目にかかったことはない。だが確か新王アレシュ・ウルラのただ一人の妃候補として王宮に上がったという噂。

ハヴェル・ジューク・ヘルツィーカがどれほど人間離れした存在だろうと、多くの貴族が「あんなものと同じ国にいるくらいなら首を吊る」と命を絶たないのは、かの化け物が妹、麗しい公爵令嬢を溺愛しているという事実のおかげだった。

化け物は化け物でも、人を愛せる化け物なら、共存できると、安心感を与える、この国の貴族にとって聖女のような存在。

まさか顔だけは良い愚弟がその聖女にちょっかいでも出して、悪魔の逆鱗に触れたのか。

わざわざヘルツィーカ公子がやってくる理由がわからずギャレットが混乱していると、ジルが公子に向かって声を上げた。

「貴殿、彼らのことは我々領主家の人間で問題を解決すると申し上げたはず！」

「もちろんあの村に対して手出しをするつもりはないんだけど、ほら、ね。一応、君が私たちに、妹に、風の精霊をけしかけたことに対しは、てきちんと清算すべきだろう」

「……」

ギャレットは頭を抱えた。

これまで数々の、弟の行動によって引き起こされることに対処してきたギャレットは、この会話である程度の内容を察することができた。

避暑、あるいは気晴らしにこの地に来ていた公爵令嬢殿はおそらく、村か山のどちらかに肩入れしたのだろう。そしてそれがジルと敵対したか何かで、正義の心から、ジルは国の守護者たるヘルツィーカ公子とその妹君に……なんでその場でジルが殺してくれなかったのか、ギャレットはいっそ公子を恨みたくさえなった。

「……ば、賠償に関して、どの程度を……お望みでしょう」

「兄上!?」

ギャレットは観念して、金庫から領内のめぼしい鉱山や名産品を作る土地、即金で用意できる金額などを提示した紙を取り出した。

ジルが生まれてから、ギャレットは何もかもがぐちゃぐちゃになった。

厳しいと評判の貴族の元へていよく修行に追い払っても、誉れ高い聖騎士になって帰ってきてしまうような化け物を、今後どう扱っていけばいいのか。

死んでくれた方が愛せる。消えてくれないと愛せない。

弟だから愛したいという普通の感情でさえ、ジルの前では蹂躙され、自分が人でなしのようになるのがギャレットは吐き散らすほどに嫌だった。

といって、ギャレットは多くの貴族たちの中で当然にあるように、あるいはごく自然の成り行きとして、弟を毒殺など、直接手にかけることはできない。

できないから、こうして自分はどこまでも弟の尻ぬぐいをするのだろうと、凡人はどこまでも、凡人のまま天才たちに焼かれ続けるのだと、わかっていた。

巻末特別篇　一巡前　??・???

ハヴェル・ヘルツィーカが目の前で、死にかけていた。

雨の中、わずかな光の中、それでもどんどん血を失って白くなっていく兄の顔がはっきりとわかる。

「……お、兄さま……」

お兄さま、と呼ばせていただいてはいるけれど、実際今の私に、血の繋がりはなかった。

私の名前は木間みどり。ただの平凡な日本人の女が、今異世界にいて、どうしてこんなことになったのか。

(私を庇ったから、お兄さまが死ぬ)

それは今、わかることだった。

馬車が崖から落ちた際に、私も体を打ち付けたはずなのに、傷一つなかった。その代わりに、私が負うはずだっただろう怪我の何もかもを、お兄さまが引き受けたかのようだった。

(……順番に、順序を、思い出す)

この国には新しい王様が誕生した。

アレシュ・ウルラ陛下。第一王子殿下だったけれど、王位につく予定のなかった御方が、父王と王太子であった弟を幽閉して王冠を戴いたというのは誰でも知ること。王冠が血にまみれているのは常のことなので、実際その王位簒奪についてそれほど重要視している者はいなかった、というのが私の感想。

それは今はいいとして。

とにかく、新王アレシュ・ウルラ陛下。王位についたやり方はともかく、産まれが王になるには少し足りなかった、とそういう話。

それで、後ろ盾として必要だったのが「有力な貴族家から嫁がれる」ご令嬢。

候補として挙げられたライラ・ヘルツィーカ公爵令嬢というのは、私のこと。

日本人の木間みどりでありながら、私は〝未来のライラ・ヘルツィーカ〟で、そして、過去に死んだライラ・ヘルツィーカの体と、自分の日本人の身体を行き来できるように、魔術師のお兄さまが私の魂を指輪に込めてくださった。

(どうしてそんなことを、しなければならなくなったのか)

日本人の木間みどりとして異世界に生きては駄目だったのか。あるいは、ライラ・ヘルツィーカの体を受け入れては駄目だったのか。

思い出す。思い返す。

自由に、王宮を動き回る必要があったのだ。

王妃であるライラ・ヘルツィーカでは不自由だから、ライラ・ヘルツィーカの侍女であるとされる異国の女の体が、便利だった。

どうして、王宮内を動き回る必要があったのか？

（……隣国の、姫君の輿《こし》入れ……側室であることを承知したと……両国の平和の証にと……やってきたお姫様）

到着した八頭立ての立派な黄金の馬車の美しさを今でも覚えている。

王妃として迎えたその場に私もいて、隣にはアレシュ・ウルラ陛下。そして、少し後ろにお兄さまもいらっしゃった。

そして、開かれた扉から、溢れ、流れ出した大量の血。

惨殺され引き裂かれた姫君の死体。

（あまりにも、あんまりにも、惨たらしい姿を覚えている）

顔は潰され、髪は引きちぎられていた。馬車の中で獣でも暴れて食い散らかされたのかというほどのもの。

凄惨な有様は、他国の王族を迎えるために集まった女性貴族たちの悲鳴によって城中に伝えられた。

（真っ先に動いたのはアレシュ・ウルラ陛下で、陛下はお兄さまに命じて、その馬車の保存と、一緒に来た隣国の人間を全て〝容疑者〟として捕らえられた）

これは他国の宣戦布告に違いないと、アレシュ・ウルラ陛下の判断。咄嗟のことで、私は何を言っているのかわからなかったけれど、でなければ、こちら側が姫君を殺したと隣国に糾弾されかねない状況。ある種の罠なのではないかと警戒してのことだったらしい。

（けれど、その前に）

私は隣国のそのお姫様が、馬車で到着される前に、少しお会いする機会があった。

お兄さまに誘われて、馬で遠乗りをした時に、泉の側で休憩していたお姫様に出会った。

可愛らしいお姫様。

まだどこかあどけない、聞けば十五になったばかりだというそのお姫様は、国の役に立てると喜んでいらっしゃった。

（そのお姫様が、どうして死ななければならなかったのか。私は、知りたかった）

（私は犯人を捜すために、王妃付き侍女として動いていて）

ただの興味、好奇心と言われればそれまで。

誰も正しい答えを求めていない、謎を解明しようとしていないことは、少し調べればすぐにわかった。

何しろ、容疑者も多かった。

隣国との戦争を望む大臣。

妹の死を聞きつけてやってきたヤニ・ラハ王子。

両国の平和を願う聖女。

姫君の恋人だった騎士団長。

アレシュ・ウルラ陛下だって、そもそも信用はできなかった。

誰が姫君を殺したのか。誰が「そう」だと決めつけることができるだけの状況を、どちらの国が、誰が作れるのか、私以外の多くの人間の関心はそのことだった。

私にもわかる。

お姫様はどちらの国にとっても「相手が戦争を望んできた」と決めつけるための駒として使えた。どちらの国も、死んで得をする理由があった。

(そして、この輿入れには謎があった)

隣国の姫君。母親が病弱で、娘が傍にいないと発狂するほど騒ぎ立てるということで、幼い頃から塔の中で育ったという姫君の顔を知る者はおらず、兄であるヤニ・ラハ王子でさえ、妹の顔をまともに見たことがなかった。

《殺されたのは本当に、隣国の姫君なのか》

その疑問。謎。

心を病んだ隣国の王妃が病死したのをきっかけに、今回の輿入れが決まったという話。つまり姫君の顔を知るのは、王妃の側仕えをしていた老女一人だけれど、その老女は高齢のために目がよく見えておらず、判別は難しかった。

私が泉で会ったのは、本当にお姫様なのか？

（そうして、まずは、亡くなったのが本当に隣国の姫君なのか、その謎から着手すべきだと、お兄さまに助言をいただいて）

二人で探っていた。

アレシュ・ウルラ陛下は、隣国に戦争を仕掛ける口実として、このままでよいとおっしゃったけれど、私はそうはいかなかった。

戦争を止めるため、という大義名分は私にはなくて、ただ、泉で出会ったあの、はにかむように微笑んだ少女が何者なのか知りたかった。

そうして調べていくうちに、呼び出された。

殺された姫君の肖像画を渡すと、匿名の連絡を受けた。

呼び出されてノコノコやってきた私と、心配して同行してくださったお兄さまが、今、崖の下で死にかけている。

「……」

意識がなく、冷たくなっていくお兄さまの身体を、私は強く抱きしめた。

私は漠然と「あ、これは、私が……間違えた」と感じた。

こうして私は、お兄さまがここで終わることを感じた。

たとえば、これが物語であるのなら、いやゲームであるのなら、間違いなく【バッドエンド】、どこかで選択肢を間違えたということ。

真夜中に一人で出かける愚行は犯さなかったけれど、お兄さまを連れてきたこともまた、間違いだったらしい。

（……）

私はこの世界が、一つのゲーム、作られた物語と酷似した世界であることを知っている。この世界は、私、木間みどりが本来存在している世界では「乙女ゲーム」となって、存在していた。

【私はここでゲームオーバーだ】

たとえば、そう。乙女ゲームの世界である自覚をもって転移した人間の物語が、選択肢を間違えた結果。

映画や小説、漫画やアニメ、ゲームなどでは、物語がバッドエンド、あるいは選択肢の間違いが起きると、暗転する演出が起きる。

「……」

私は雨の降る空、真っ暗な空を見上げて目を細めた。

急速に、この世界が終わる。

私の意識が薄れていくのを、そう感じただけで、実際は別に世界が急に閉じられているということはないのかもしれないけれど、私はそう感じた。

「……ライラ」

「……お兄さま！」

「……」

意識を失っていたはずのお兄さまが、わずかに唇を動かした。うっすらと目を開けて、私を視認する。

「……」

「ここでもう、終わりのようです。私」

「……そう。私は君に、死んでほしくないのだけれど」

「それは私も一緒です。お兄さま」

悔しさがあるとすれば、私が間違えたことで、この方が死んでしまうことだ。

(やり直せることができれば)

この記憶を持って、もう一度。

そんな愚かなことを考えた。

「……」

ぼんやりとしたお兄さまと目が合う。

「……お兄さま。いつか、おっしゃいましたよね。私は、私が、この世界と似たゲームの知識を知れば……私は死ぬって、死んで、ライラ・ヘルツィーカに転生するって、そう、おっしゃっていましたよね？」

「……」

私は、異世界から転移してきた日本人だ。

この世界が、ある乙女ゲームの世界と同じ作りであることを知っている。

どんな内容の、どんなゲームなのかは知らない。知ると、私は死んで、ライラ・ヘルツィーカという公爵令嬢に転生する。

と、それは、私が知る確かな私の未来。

だけれど、今の私はここで消えようとしている。それはおかしい。それではライラ・ヘルツイーカが生まれない。

「……君は、ライラは、死んでしまうじゃないか」

ライラ・ヘルツィーカは死んだ。この世界が物語の中であると自覚して悪役令嬢の役を脱却しようとした公爵令嬢は死んで、私がその死体を使ってきた。

パラドックス。

「いいえ、いいえ、お兄さま」

私はこれを幸運の贈り物だと、そう考えることにした。

つまり、私は確実に転生できる。

逆行、とも言えるけれど。

「……」

ライラ・ヘルツィーカとして、この世界をやり直せるチャンスが、私にはある。

ポケットの中には、肌身離さず持ち続けた紙。二度目にこちらの世界に来る際に印刷しておいた、中身を読んでいない紙には、ある乙女ゲームの知識がびっしりと書かれている。

「……ライラ」

ぎゅっと、お兄さまが私の手を掴んだ。

「過去の私は、君を救えない」

「大丈夫です、お兄さま。私は、ここまでの出来事をちゃんと知っているんですもの。大丈夫です、私は上手くやれますよ」
(今度こそ、上手くやって……ハッピーエンドに、辿り着けば……)

紙を開いて、内容に目を通す。

一作で打ち切りになったはずの乙女ゲームが、スマホゲームとして続編が作成され、そのあらすじと犯人の名前が書かれていた。

あとがき

この度は本書「飽きたと書いた紙で異世界にいけたけど、破滅した悪役令嬢の代役だった」をお手に取って頂き誠にありがとうございます。

こちらは２０１８年11月頃に小説家になろうにて投稿した作品を改題・改稿・加筆をして書籍化させて頂く機会を得ました。私にとって初めて完結まで書いた「悪役令嬢もの」でそして、私の初の村焼きモノでもあり……大変思い入れのある作品です。最初の村焼きだけあって、ちゃんと焼かれる理由のある村ですね。

ちょっとばかし……残酷＆グロなので、書籍化していただくのは難しいだろうなぁ、と思っていたのですが……ツギクルブックス様、この度は本当にありがとうございます。

さて当作品、Ｗｅｂ版と大きく違いますのは登場人物の名前がちらほらと変わっております。王太子ダリオンはＷｅｂ版ではマレク、ドロシーはジュリアン、隣国の王子はアレクサンドと、当時は特に意味もなくつけたのですが、マレク、アレシュ、アレクと……名前が似すぎてややこしいな？　と気になっておりました。この作品唯一の、自分の気に入らない箇所でもありました……なので書籍化できて名前を変えられて、とても満足です。

一応マザーグースの「誰がコマドリを殺したのか？」をモチーフにしておりまして、各登場人物の名前もコマドリ殺人事件の関係者をもじったものになっております。お暇な方はちょっと当てはめてみて「お兄さまの配役、これだったのか」等と楽しんでいただければと思います。

ところで、私は当初アレシュ閣下をヒーロー役として書いていたのですが、ツギクルの担当Sさんと初めてお電話した際に、やたらとお兄さまについて褒められ、アレシュ閣下のアの字も出てきませんでした。SNSでフォロワーさんにも聞いてみたところ、この作品……どうも、お兄さまの方が印象的なようですね？

なので加筆で事件後のお兄さまと主人公の楽しいピクニックを書きました。ツギクルさんはコンビニプリントで作品のSSを配信するという、誰でも手に入る素晴らしいサービスを行っております。この作品のSSは、お兄さまとハヴェル公爵の親子のステキな会話が収録されております。百円です。ぜひ、お近くのコンビニで……個人的に、おまけのグェン領主と対比のような、天才を息子に持った凡人公爵の対応なので、ぜひ……折角書いたので、できるだけ多くの人に……読んでいただきたいSSです。面白いので……！

さて、続きまして謝辞となります。

書籍化の機会を与えてくださいましたツギクルブックス様、締切に関してあまりに迷惑をかけすぎたのにいつも冷静なメールで対応してくださいました担当S様……大変お世話になりました。本当に、ありがとうございます。

ステキな表紙、口絵、挿絵を描いてくださいましたイラストレーターの東茉はとり様……アレシュ閣下がめちゃくちゃ好みの姿で本当にありがとうございます。

その他、出版印刷流通に関わってくださいましたすべての方々、感想をくれたりSNSで絡んでくださるフォロワーの皆様、いつもありがとうございます。

それでは、またどこかでお会いできればと思います。

枝豆ずんだ

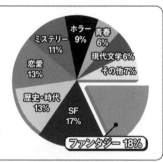

後宮は有料です！
著：美雪
イラスト：しんいし智歩
後宮に就職したのに……
コミカライズ企画進行中！
働くにはお金が必要みたいです！
真面目で誠実な孤児のリーナは、ひょんなことから後宮に就職。
リーナの優しさや努力する姿勢は、出会った人々に様々な影響を与えていく。
現実は厳しく、辛いことが沢山ある。平凡で特別な能力もない。
でも、努力すればいつかきっと幸せになれる。
これは、そう信じて頑張り続けるリーナが紆余曲折を経て幸せになる物語。
定価1,320円（本体1,200円＋税10％） 978-4-8156-2272-5
ツギクルブックス
https://books.tugikuru.jp/

追放聖女の
勝ち上がりライフ
1~2
著：まゆらん
イラスト：とぐろなす
追放されたら……
偽聖女から大聖女!?
コミカライズ
「ヤングキングラムダ」で
好評連載中！
グラス森討伐隊で働く聖女シーナは、婚約者である第三王子にお気に入りの侯爵令嬢を虐めたという理由で婚約破棄＆追放を言い渡される。
その瞬間、突然、前世で日本人であった記憶を思い出す。
自分が搾取されていたことに気づいたシーナは喜んで婚約破棄を受け入れ、可愛い侍女キリのみを供に、魔物が蔓延るグラス森に一歩踏み出した——
虐げられていた追放聖女がその気もないのに何となく
勝ち上がっていく異世界転生ファンタジー、開幕！
定価1,320円（本体1,200円＋税10%）　ISBN978-4-8156-1657-1
ツギクルブックス
https://books.tugikuru.jp/

職業は……村長？　それにスキルが『村』ってどういうこと？

そもそも周りに人がいないんですけど……。

ある日、大規模な異世界転移に巻き込まれた日本人たち。主人公もその一人だった。森の中にボッチ転移だけど……なぜか自宅もついてきた!?やがて日も暮れだした頃、森から2人の日本人がやってきて、紆余曲折を経て村長としての生活が始まる。

ヤバそうな日本人集団からの襲撃や現地人との交流、やがて広がっていく村の開拓物語。

村人以外には割と容赦ない、異世界ファンタジー好きのおっさんが繰り広げる
異世界村長ライフが今、はじまる！


定価1,320円（本体1,200円＋税10%）　ISBN 978-4-8156-2225-1

ツギクルブックス　https://books.tugikuru.jp/

「精霊の花嫁」の兄は、騎士を諦めて悔いなく生きることにしました
Seirei no hanayome no ani ha, kishi wo akiramete kuinaku ikirukotoni shimashita
著 池乃家あひる
イラスト 松本テマリ
スパダリおっさん×家出青年、冒険ファンタジー！
僕はあなたと旅します！

ちったい俺の
巻き込まれ
異世界生活
1～4
著 ぬー
イラスト こよいみつき
異世界転生したら幼児になっちゃいました!?
コミカライズ企画進行中！
ちったい俺でも
異世界を楽しんでいい？
巻き込まれ事故で死亡したおっさんは、幼児ケータとして異世界に転生する。聖女と一緒に降臨したということで保護されることになるが、第三王子にかけられた呪いを解くなど、幼児ながらに次々とトラブルを解決していく。
みんなに可愛がられながらも異才を発揮するケータだが、ある日、驚きの正体が判明する――
ゆるゆると自由気ままな生活を満喫する幼児の異世界ファンタジーが、今はじまる！
定価1,320円（本体1,200円＋税10%） ISBN978-4-8156-1557-4
ツギクルブックス
https://books.tugikuru.jp/

平凡な令嬢
エリス・ラースの日常
The Everyday Life of an Ordinary Lady Ellis Lars
まゆらん
イラスト 羽公
平凡って楽しくてたまりませんわ！
エリス・ラースはラース侯爵家の令嬢。特に秀でた事もなく、特別に美しいわけでもなく、
侯爵家としての家格もさほど高くない、どこにでもいる平凡な令嬢である。
……表向きは。
狂犬執事も、双子の侍女と侍従も、魔法省の副長官も、みんなエリスに忠誠を誓っている。
一体なぜ？　エリス・ラースは何者なのか？
これは、平凡（に憧れる）令嬢の、平凡からはかけ離れた日常の物語。
定価1,320円（本体1,200円＋税10%）　978-4-8156-1982-4
ツギクルブックス
https://books.tugikuru.jp/

定価1,320円（本体1,200円＋税10%）　ISBN978-4-8156-2104-9

ツギクルブックス　https://books.tugikuru.jp/

ツギクルブックス

愛読者アンケートに回答してカバーイラストをダウンロード！


愛読者アンケートや本書に関するご意見、枝豆ずんだ先生、東茉はとり先生へのファンレターは、下記のURLまたは右のQRコードよりアクセスしてください。

アンケートにご回答いただくとカバーイラストの画像データがダウンロードできますので、壁紙などでご使用ください。

https://books.tugikuru.jp/q/202308/akitatokaiteisekaini.html

本書は、「小説家になろう」（https://syosetu.com/）に掲載された作品を加筆・改稿のうえ書籍化したものです。

『飽《あ》きた』と書《か》いて異世界《いせかい》に行《い》けたけど、破滅《はめつ》した悪役令嬢《あくやくれいじょう》の代役《だいやく》でした

2023年8月25日　初版第1刷発行

著者　枝豆《えだまめ》ずんだ

発行人　宇草 亮
発行所　ツギクル株式会社
〒106-0032　東京都港区六本木2-4-5
TEL 03-5549-1184
発売元　SBクリエイティブ株式会社
〒106-0032　東京都港区六本木2-4-5
TEL 03-5549-1201

イラスト　東茉はとり
装丁　ツギクル株式会社

印刷・製本　中央精版印刷株式会社

ISBN978-4-8156-2273-2
Printed in Japan